Lotte Kinskofer
Aufgeflogen

© Elisabeth Wiesner

Lotte Kinskofer wurde in der Nähe von Regensburg geboren und wuchs auch dort auf. Zum Studium der Germanistik, Anglistik und Kommunikationswissenschaften kam sie nach München – und blieb. Nach Stationen bei verschiedenen Zeitungen schreibt sie heute Romane, Erzählungen fürs Radio und Drehbücher – für Kinder, Jugendliche und Erwachsene.

Weitere Titel von Lotte Kinskofer bei <u>dtv</u> junior: siehe Seite 4

Lotte Kinskofer

Aufgeflogen

Roman

Mit einem Nachwort
von Birgit Poppert

Ausführliche Informationen über
unsere Autoren und Bücher
www.dtvjunior.de

Zu diesem Band gibt es ein Unterrichtsmodell unter
www.dtv.de/lehrer zum kostenlosen Download.

Von Lotte Kinskofer sind außerdem bei dtv junior lieferbar:
SMS – Sarah mag Sam
Schwarzer Schnee
Spring in den Himmel
Wach auf und schrei!

Originalausgabe
4. Auflage 2015
© 2011 dtv Verlagsgesellschaft mbH & Co. KG, München
Umschlagkonzept: Balk & Brumshagen
Umschlaggestaltung: Büro Jorge Schmidt, München,
unter Verwendung von Fotos von Jan Roeder
Lektorat: Anke Thiemann
Gesetzt aus der Aldus 11/14,5˙
Gesamtherstellung: Druckerei C.H.Beck, Nördlingen
Gedruckt auf säurefreiem, chlorfrei gebleichtem Papier
Printed in Germany · ISBN 978-3-423-78255-5

1. Kapitel

Ein Geräusch. Vielleicht gehört es zum Traum. Christoph öffnet die Augen, stöhnt leise auf und schlägt mit einer Hand nach dem Wecker. Scheppern und Klirren, aber das Geräusch ist noch da. Ein Brummen, viel zu laut für die Stille der Nacht. Da ist ein blinkender Fleck auf dem Boden, sein Handy! Welcher Idiot ruft jetzt an, mitten in der Nacht?

»Ja?«
»Du musst kommen.«
»Isabel?«
»Kröger ist tot.«
Drei Worte, voller Angst und Panik.

Christoph fragt und fragt, aber er bekommt keine Antwort mehr. Das Gespräch ist zu Ende.
Was ist passiert? Warum hat Isabel aufgelegt?
Er ruft sie an. Nur Mailbox. Er spricht drauf.
»Melde dich. (…) Okay, ich bin gleich da.«
Noch nie hat sie ihn so dringlich um etwas gebeten.
Ihm ist klar, dass es um alles oder nichts geht. Sonst hätte sie nicht angerufen, um zwei Uhr früh.

Christoph schlüpft in Hose und Shirt, nimmt Handy und Geldbörse.

Noch ein Versuch, Isabel zu erreichen. Wieder Mailbox.

Barfuß schleicht er die Treppe hinunter. Nimmt den zweiten Helm mit.

Er schiebt seinen Roller ein Stück die Winterfeldtstraße entlang, weg von dem Haus, in dem er mit seinen Eltern wohnt. Mom hat einen leichten Schlaf. Und sie kann seinen Roller am Knattern erkennen. Jetzt bloß keine Fragen.

Unterwegs überlegt er fieberhaft.

Der Hausmeister ist tot. Was heißt das?

Ein Unfall? Eine Schlägerei? Ein Sturz?

Eigentlich ist es egal. Denn auf jeden Fall muss Isabel sofort weg. Sie und ihre Mutter. Aber wohin?

Christoph spürt seine eigene Unruhe. Er fährt zu schnell. Er zuckt zusammen, als er einen Streifenwagen sieht. Er muss vorsichtig sein.

Er stellt den Roller vor dem Haus in der Wrangelstraße ab und geht zu Fuß in den Hinterhof. Auch hier ist alles still. Nur keinen Lärm machen, keiner soll auf ihn aufmerksam werden.

Isabel und ihre Mutter kommen gerade aus dem Haus, Isabel trägt eine kleine Reisetasche, Eugenia zwei Plastiktüten. Christoph steigt ab, geht auf Isabel zu.

»Was ist passiert?«

Eugenia legt den Finger auf den Mund, sieht mahnend zum Haus. Alle Fenster sind dunkel. Noch.

»Er liegt im Keller.«

Isabel kann kaum sprechen: »Er war schon tot.«

Christoph will sie in den Arm nehmen, wärmen, trösten, beruhigen. Aber sie drückt sich an ihre Mutter.

Eugenia redet beschwichtigend auf sie ein. Auf Spanisch, kolumbianisches Spanisch. Für Christoph klingt es warm und melodiös.

»Was ist mit der Polizei?«

»Noch hat ihn keiner gefunden – außer uns«, sagt Eugenia mit leicht fremdländischem Akzent. »Wir müssen sofort weg.«

»Wohin?« Isabel klingt verzweifelt.

»Ich habe eine Idee.«

Er wird mit Isabel losfahren. Eugenia soll möglichst unauffällig im Schutz der Dunkelheit die Stadt verlassen, mit der S-Bahn oder dem Bus. Er wird sie in Köpenick holen, Treffpunkt ist die Brücke am Schloss. In drei Stunden. Jetzt geht sie zurück in die Wohnung, sie will noch einige Sachen packen.

Isabel fragt nicht einmal, wohin er sie bringt. Sie vertraut ihm völlig.

Es könnte ihn glücklich machen. Unter anderen Umständen.

Die Schlesische Straße stadtauswärts. Jedes Mal, wenn sie an einer Ampel stehen bleiben, erzählt Isabel ihm einen Teil der Geschichte.

Der Hausmeister, der zugleich auch das schäbige Anwesen verwaltete, hatte besoffen an ihre Türe geklopft. Gegen zehn Uhr abends.

Sie machten nicht auf. Taten so, als wären sie nicht da.

Kröger drohte mit der Polizei.

Er tobte, donnerte gegen die Tür.

Stimmen von oben, er solle die Klappe halten.

Er brüllte zurück.

Irgendwann war es still.

Sie wussten nicht: Lauerte er noch vor der Tür? Holte er sich nur etwas zu trinken und kam zurück? Oder war für heute Ruhe?

Es blieb still. Um halb zwei Uhr nachts wachte Isabel auf.

Hatte sie nicht gerade einen Schrei gehört?

Es war nicht draußen auf der Straße, es war hier im Haus.

Sie lauschte. Im Flur war es still. Sie machte die Tür auf, sah hinaus.

Nichts. Dunkelheit und Schweigen.

Sie wusste nicht, was sie tun sollte. Traute sich kaum aus der Wohnung. Aber dann schlich sie doch leise die Treppe hinauf bis zum vierten Stock.

Nichts.

Sie ging in den Keller.

Leise. In der Dunkelheit.

Sie sah das Bündel unten am Ende der Treppe.

Schaltete ihre Taschenlampe an.

Da lag er.

Eine große Platzwunde an der Stirn, auch Nase und Mund blutig.

Das Gesicht zerschlagen, der Kopf in einer Lache Blut.

Der Nacken seltsam verrenkt.

Die Augen offen, starr.

Ein bisschen verwundert sein Blick.

Als könnte er es selbst nicht glauben, was ihm da zugestoßen war.

Isabel hatte noch nie einen toten Menschen gesehen.

Dennoch war sie sicher: Kröger ist tot.

Vielleicht im Suff die Treppe hinuntergefallen.

Vielleicht eine heftige Auseinandersetzung.

Vielleicht aber hat ihn auch jemand umgebracht.

Es gibt genug Menschen, die Kröger hassen. Sie, Isabel, ist eine davon.

Sie muss weg, so schnell wie möglich.

Sie fahren ewig durch die Nacht, vorbei am Köpenicker Schloss, immer weiter hinaus aus der Stadt nach Osten, Richtung Erkner. Die Straßen sind jetzt leer, es hat leicht zu nieseln angefangen, ein nasser, kühler Oktober.

Sie frieren beide. Christoph spürt, wie Isabel zittert. Irgendwann schlingt sie die Arme um seinen Körper und kuschelt sich an ihn.

Er fährt zu schnell und weiß, er sollte es nicht tun. Er muss sehr vorsichtig sein. Ihr zuliebe. Es geht um viel. Eigentlich um alles.

Sie dürfen nicht auffallen.

Eine Polizeikontrolle wäre das Ende.

Isabel würde abgeschoben. Sie hat keine Papiere.

Er biegt ab auf einen Feldweg, hofft selbst, dass es der richtige ist. Er war lange nicht mehr in dieser Gegend. Aber es kann nicht mehr weit sein. Er hofft inständig, dass er das Ziel auf Anhieb findet.

»Wo sind wir hier?«, fragt Isabel, als sie vom Roller absteigen.

Wald um sie herum, das Plätschern verrät, dass sie in der Nähe eines Sees oder Flusses sind.

»Freunde meiner Eltern haben hier ein kleines Wochenendhaus«, antwortet Christoph nur und sucht in der Regenrinne des Häuschens nach dem Schlüssel. Da war er immer – da ist er auch jetzt.

Erleichtert atmet er auf. Keine Ahnung, ob er die Tür anders aufbekommen hätte, auch wenn es nur ein einfaches Schloss ist.

»Bist du sicher, dass sie nicht kommen?«

»Sie sind auf den Kanaren. Hat mir meine Mutter erzählt.«

Er grinst schief und streicht nervös eine Strähne zurück, die ihm ständig in die Stirn fällt.

»Hier seid ihr erst mal sicher.«

Isabel nickt. Sie folgt ihm ins Haus.

Tisch, Stühle, Schrank, Kochzeile, Holzofen. Klein, gemütlich, gepflegt.

»Die Betten sind oben«, sagt Christoph.

»Warst du schon öfter hier?«

Er nickt: »Als ich noch kleiner war, haben wir die Reichardts manchmal am Wochenende besucht. Sie haben einen Sohn, ein bisschen älter als ich. Ein ziemlicher Idiot.«

Erinnerungen kommen in ihm hoch. An diesen Julian, der ihm drohte. Ihn schlug, ihn schikanierte. Er mag dieses Haus nicht. Aber jetzt ist es gerade richtig. Wenigstens fast.

»Wir können leider nicht heizen, sonst sieht man den Rauch.«

Isabel zittert immer noch. Er nimmt sie in den Arm.

»Holst du Mama?«

Christoph nickt. Falscher Zeitpunkt für Romantik.

Eugenia wartet in Köpenick am Ende der Langen Brücke, gleich beim Schloss. Sie steht so, dass man sie aus einem vorbeifahrenden Auto nicht sofort sehen kann.

Fußgänger sind um diese Zeit ohnehin nicht unterwegs. Unauffällig sein, das hat sie gelernt. Christoph braucht eine Weile, bis er sie entdeckt.

»Alles okay?«, fragt er besorgt.

»Der Nachtbus war fast leer. Und hier hat auch niemand auf mich geachtet.«

Christoph nimmt ihre Tasche, sieht sie fragend an.

»Hast du nicht mehr Gepäck?«

»Ich dachte, so falle ich weniger auf, und die Sachen passen auch auf deinen Roller.«

Wer sich verstecken muss, wer auf der Flucht ist, der hat nicht viel dabei.

Als sie in das Wochenendhäuschen kommen, sitzt Isabel so auf dem Stuhl, wie Christoph sie zurückgelassen hat. Die Arme auf dem Tisch, der Kopf liegt darauf. Fast könnte man denken, sie schläft. Doch sie weint.

Eugenia inspiziert das Haus.

»Es ist einfach, aber gut. Doch wir dürfen nicht zu viele Spuren hinterlassen.«

»Jetzt seid ihr erst mal da, alles andere kommt später.«

Sie schüttelt den Kopf.

»Nichts auspacken. Vielleicht müssen wir schnell weg – und dann sollen sie wenig finden, was auf uns hinweist.«

Ihr schönes Deutsch, der leichte Akzent. Isabel hat diesen Akzent nicht mehr. Ihr Deutsch ist das eines Menschen, der immer hier gelebt hat.

Fast immer. Wenn auch ohne Ausweis.

Gemeinsam machen sie einen Plan.

Eine Einkaufsliste. Fertigmahlzeiten, Obst, Gemüse, Brot, Käse. Nur kein Aufwand.

Zahnbürsten, Zahnpasta, Seife. Denn Eugenia hat in der Eile die Sachen aus dem Bad vergessen.

Bettzeug und Handtücher werden sie von ihren unfreiwilligen Gastgebern ausleihen. Ebenso das Geschirr.

Ansonsten: stillhalten. In der Gegend gibt es mehrere Wochenendhäuschen, über den See schippert auch hier und da mal ein Boot. Alle kennen die Reichardts, sie sind seit fast zwanzig Jahren hier. Man sieht Eugenia und Isabel schnell an, dass sie nicht zum Freundeskreis des Unternehmers gehören. Ihre Kleidung, ihre Haltung, ihr Benehmen – sie sind zu unscheinbar, zu wenig selbstbewusst. Die Gäste hier sind lauter, sie bewegen sich selbstverständlicher. Als ob die Welt ihnen gehört.

Eugenia durchstöbert den Schrank. Sie tut es nicht gern, das sieht man. Aber auch ihr ist kalt. Ein warmer Wollpullover für Isabel, einer für sie selbst.

Christoph legt den Arm um Isabel. Wärmt sie. Endlich legt sie ihren Kopf auf seine Schulter. Er flüstert ihr beruhigende Worte zu, streicht ihr über die dunklen Locken. Sie starrt mit großen Augen vor sich hin.

»Ich will hier nicht weg.«

Hier, das meint Deutschland. Er weiß es.

»Ihr müsst nicht weg, versprochen.«

»Das kannst du mir gar nicht versprechen, denn du entscheidest das nicht.«

»Aber ich tue alles, damit euch niemand findet.«

Eugenia hat löslichen Kaffee entdeckt und holt nun drei Tassen aus dem Schrank.

»Ich war's nicht«, sagt Isabel leise.

Christoph versteht erst gar nicht, was sie meint, der Gedanke, sie könnte Kröger getötet haben, ist für ihn völlig abwegig.

»Kröger war ein Ekel, okay. Widerlich, gemein, rücksichtslos, ein Machoarsch und ein Idiot. Aber du kannst doch nicht jeden Idioten gleich umbringen.«

Er meint es ironisch, er will sie aufmuntern, grinst selbst schief über seinen misslungenen Witz. Isabel lächelt nicht einmal, auch Eugenia bleibt ernst. Sie sieht ihre Tochter besorgt an, die weicht ihrem Blick aus.

Christoph sieht den Blick: »Stimmt was nicht?«

Isabel streicht ihm liebevoll übers Haar, küsst ihn.

Seine Frage ist vergessen.

»Ich bleibe bei euch«, sagt er, als Eugenia ihn fort-schickt will.

»Du gehst zurück in dein Leben und tust so, als wäre alles in Ordnung«, widerspricht sie.

»Sonst sind sie uns gleich auf der Spur«, ergänzt Isabel.

Er muss auf die beiden hören. Sie sind Experten, was Verstecken, Verheimlichen, Verbergen angeht.

Christoph verabschiedet sich. Wie besprochen, fährt er nach Hause. Offenbar haben seine Eltern noch gar nicht mitgekriegt, dass er weg ist. Sonst hätten sie auf dem Handy angerufen. Wenn sie doch etwas gemerkt haben und ihn fragen, wird er sagen, dass er nicht schlafen konnte und ein bisschen herumgefahren ist.

Nur Isabel nicht erwähnen. Er muss verhindern, dass Isabels Verschwinden mit ihm in Verbindung ge-bracht wird. Denn dass sie weg ist, wird bald auf-fallen.

Frühstück mit den Eltern, die nichts ahnen. Dann zur Schule. Nachmittags soll er mit den Einkäufen hinausfahren ins Waldhaus.

Jetzt nichts falsch machen. So tun, als wäre alles ganz normal.

»Hey, Alter, alles klar?«

Christoph setzt sich zu Ben, schiebt ihm die Mathe-hausaufgaben rüber.

Ben grinst. Genug Dank für einen Kumpel.

Ben ist mit Abschreiben beschäftigt. Christoph ist froh, so merkt sein Freund nicht, wie sehr er durch den Wind ist.

Jetzt bloß nicht schlappmachen.

Sich nichts anmerken lassen.

Christoph sieht kurz zu Isabels Platz.

Er wird leer bleiben.

Wahrscheinlich für lange Zeit.

Vielleicht für immer.

2. Kapitel

Es war der Tag nach den Weihnachtsferien. Wir hatten alle keine Lust auf Schule. Draußen schneite es dicke Flocken. Ich konnte mir hundert Dinge vorstellen, auf die ich jetzt mehr Bock gehabt hätte, als hier zu sitzen und Stratebeck zuzuhören, wie er von 1968 faselte.

»Wir haben Deutschland neu gestaltet.«

»Das haben vor Ihnen schon mal welche gesagt«, fiel ihm Ben ins Wort. Dafür gab es einen Verweis. Vergleich mit der Nazizeit, sagte Stratebeck sauer.

»Das habe ich gar nicht gemeint«, verteidigte sich Ben. »Ich dachte an Karl den Großen oder Bismarck. Beide haben das Deutsche Reich quasi erfunden.«

Dabei grinste Ben, denn natürlich sprach er nicht von Bismarck. Er wollte den Helden von '68 einfach nur ärgern.

»Dass Sie so mit mir reden dürfen, das verdanken Sie den Achtundsechzigern.«

»Dankeschön!«

Ben sah sich auffordernd in der Klasse um.

»Dankeschön!«, brüllten wir alle und fingen dann an zu lachen.

Provozieren war Bens Lieblingsbeschäftigung. Mir war das immer zu anstrengend. Aber wie alle anderen machte ich mit, wenn er uns dazu animierte, und wir hatten Spaß daran.

Nach der Pause war gerade wieder Ruhe in der Klasse eingekehrt, als sie mit dem Direktor hereinkam. Sie blieben vor der Klasse stehen. Wir alle starrten sie an.

Lange, lockige braune Haare, die sie zusammengebunden trug. Dunkle Augen. Nicht besonders groß. Zierlich. Jeans und Rollkragenpullover.

Sie sah niemanden von uns an und blickte über unsere Köpfe hinweg zur hinteren Wand.

Es war still, selbst Ben neben mir hörte auf mit dem Kaugummikauen.

Nur ein paar Mädchen flüsterten noch, es klang wie ein Zischen. Sie spürten die veränderte Lage, die Konkurrenz. Sie bemerkten unsere Blicke. Wir Jungs glotzten alle, als hätten wir noch nie eine Frau gesehen. Ben auch. Selbst Albrecht, unser Mathelehrer, schien an etwas anderes als an Formeln zu denken.

Warum die anderen so fasziniert waren? Keine Ahnung. Auf mich aber wirkte sie stark und verletzlich zugleich. Ich wollte sie beschützen und hatte doch das Gefühl, dass sie mich nicht brauchte.

»Das ist Isabel«, sagte Mertens, unser Direktor. »Sie geht ab sofort in eure Klasse.«

Dann wandte er sich Isabel zu: »Möchten Sie etwas sagen?«

»Wo kann ich mich hinsetzen?«

Vorläufig kriegte sie den Platz von Paula, die war krank. Morgen sollte der Hausmeister einen neuen Tisch samt Stuhl bringen.

»Stört es Sie nicht, wenn Sie ganz hinten sitzen?«, fragte Albrecht besorgt.

Isabel schüttelte den Kopf.

»Mich schon«, brummte Ben und wir grinsten uns an. Wir sahen uns gemeinsam nach der Neuen um. Aber sie tat so, als könnte sie durch uns hindurchsehen. Sie holte Papier und Stift heraus und sah zur Tafel. Albrecht gab sein Bestes. Nie zuvor hatte er Mathematik so engagiert vermittelt.

»Wetten?« Ben grinste mich an und kaute wieder auf seinem Kaugummi.

Ich überlegte einen Moment. Ben spürte, dass mich irgendetwas zurückhielt.

»Du kannst ruhig Ja sagen, ich gewinne sowieso«, sagte er.

»Wette gilt.«

Sophie, Carla, Paula und einige Mädchen aus anderen Klassen – ihnen allen galten bislang unsere Wetten. Ben machte mehr den Draufgänger, den Coolen, Witzigen, Geistreichen. Die Mädchen standen auf ihn, den großen, flapsigen Kerl mit dem blonden Wuschelkopf. Ich musste mir eine andere Rolle aussuchen, wenn ich in meiner Durchschnittlichkeit überhaupt eine Chance haben wollte. Deshalb machte ich den Sensiblen. Zuhören, verstehen, nachdenklich wirken und dann doch im entscheidenden Moment nicht allzu schüchtern rüberkommen. Bens Bilanz war besser.

»Sie mögen die sensiblen Typen nicht«, meinte er. »Das behaupten sie nur.«

»Du siehst einfach besser aus«, konterte ich.

Ben sah mich spöttisch an, ein bisschen von oben herab, immerhin war er ja zehn Zentimeter größer. Er fuhr mit seiner Hand durch meine glatten, braunen Haare.

»Mir gefällst du«, sagte er und lachte. »Aber die Neue ist hübscher.«

So was durfte nur Ben machen und sagen. Jedem anderen hätte die halbe Klasse »Schwul, oder was?« nachgerufen. Doch Ben war der Frauenheld, der Frauenkenner. Jetzt ging es also um Isabel.

Auf die Wette hatte ich eigentlich keine Lust.

Aber ich wollte kein Spielverderber sein.

Wir waren Kumpel, das war wichtiger als jede Frau.

Bisher.

Ben schaltete gleich nach der Schule auf Angriff.

»Hi, ich bin Ben.«

Isabel nickte nur.

»Woher kommst du?«

»Kreuzberg«, antwortete sie und Ben lachte.

»Aber woher kommst du wirklich?«

»Vorher haben wir in Neukölln gewohnt.«

Er verlor die Geduld, fühlte sich verarscht, wurde giftig.

»Kannst du mir mal deinen Migrationshintergrund erklären?«

»Geht dich zwar nichts an, aber bitte: Kolumbien.«

»Wow, ziemlich gefährlich. Drogenmafia und so, oder?«

Isabel musterte ihn mit einem ironischen Blick.

»Stimmts nicht?« Ben, der Provokateur, fühlte sich provoziert.

»Wenn du es sagst …«

Damit ließ sie ihn stehen.

Ich freute mich. Ben war abgeblitzt. Als Isabel an mir vorbei zum Schultor hinausging, versuchte ich ein nettes Lächeln. Meine Spezialität. Aber sie sah mich nicht einmal an.

»Harter Brocken.«

Ben gab sich entspannt, doch ich sah, dass er sich ärgerte.

»Aber ich krieg sie noch.«

Die Schneeflocken bedeckten die wenigen Pflanzen, die meine Mutter auf der Dachterrasse gelassen hatte. Die anderen standen im Keller oder hier im Wohnzimmer, das nun aussah wie ein Wintergarten. Mom liebte Blumen, im Sommer sah es bei uns draußen aus wie im Paradies. Eine kleine Idylle mitten in Schöneberg. Die Idylle meiner Kindheit: Mama, Papa, Christoph.

Ich sah aus dem Fenster, kniff die Augen etwas zusammen. Die Sonne war herausgekommen, die Schneeflocken glitzerten, das Weiß blendete. Ich wollte für einen Physik-Test lernen. Aber Ben hatte keine Zeit. Nach der Schlappe bei Isabel hatte er sich gleich mit einer Verflossenen verabredet, die noch auf ihn stand. Er musste wohl sein Ego polieren.

»Manchmal darf man es sich leicht machen«, hatte er gesagt.

Normalerweise fand ich seine Sprüche cool. Heute nervten sie mich.

Isabel ging mir nicht aus dem Kopf. Etwas an ihr war besonders. Ich wollte gerne mehr über sie wissen.

Im Internet recherchierte ich über Kolumbien. Ben hatte offenbar recht. Hier stand viel von Drogen und Gewalt, von Armut und Entführungen, von Guerilleros und Paramilitares – gekaufte Killer, die kleine Bauern von ihren Höfen vertreiben sollten – las ich in einem Bericht. Der Großgrundbesitzer will seine Felder erweitern, also wird den armen Familien ein bisschen Geld geboten, damit sie gehen. Weigern sie sich, so kann es sein, dass sie dieses ›Nein‹ nicht überleben.

Die vertriebenen Bauern gehen nach Bogotá, hieß es weiter, und verdienen ihren Lebensunterhalt mit Betteln. Ganz unten oder tot – das war ihre Wahl.

Warum hatte Isabels Familie das Land verlassen? War es ihnen so oder so ähnlich ergangen? Waren sie Asylbewerber? Oder Gastarbeiter? Oder Wirtschaftsflüchtlinge, wie mein Dad sagen würde?

Ich machte mir Notizen zu diesem Land, das mich bislang kein bisschen interessiert hatte. Vielleicht konnte ich beiläufig ein paar Infos einstreuen, wenn die Sprache noch mal auf Kolumbien kam. Ich wollte Isabel beeindrucken. Und es besser machen als Ben, der abgeblitzt war.

Wenn sie in Kreuzberg wohnte, was machte sie dann an unserem Gymnasium? Es gab genug Schulen, die näher lagen. Wo war sie zuvor gewesen und warum war sie dort weggegangen? Ich wollte sie gerne fragen, aber wenn sie mich so locker abtropfen ließ wie sie das mit Ben gemacht hatte – nein danke.

Isabel saß bereits auf ihrem neuen Platz, als ich am nächsten Morgen ins Klassenzimmer kam. Sarah lächelte mich an. Sie hatte die Hoffnung noch nicht aufgegeben, dass ich meine sensible Seite wieder entdeckte, vor allem in Bezug auf sie. Sarah war nett, sehr nett sogar. Sie sah toll aus. Ich mochte sie. Aber selbst wenn ich vor ein paar Tagen noch überlegt hatte, ob wir es noch mal versuchen sollten, jetzt wusste ich: Es war vorbei. Sie interessierte mich nicht. Sie faszinierte mich nicht.

Ich versuchte, einen Blick von Isabel einzufangen, aber sie führte uns erneut die Kunst vor, durch uns alle hindurchzublicken. Als wären wir ihr egal. Als wäre sie auf niemanden angewiesen, ein Mensch wie eine Insel. Es wirkte nicht einmal arrogant.

Ich konnte ja nicht ahnen, dass sie Kontakt vermied, um unangenehmen Fragen aus dem Weg zu gehen. Ich habe ihr nicht angesehen, wie sehr sie einen guten Freund nötig hatte. Wobei ich damals nicht unbedingt davon träumte, nur ihr guter Freund zu sein, ebenso wenig wie Ben, Luke, Daniel und alle anderen aus meiner Klasse.

Sie kam immer pünktlich, sie verschwand unmittelbar nach dem Unterricht. Sie hatte immer ihre Hausaufgaben gemacht, obwohl sie in Mathe deutlich hinterherhinkte. In der Pause war sie kaum zu finden. Wo sie sich aufhielt, keine Ahnung. Ich konnte nicht ständig das ganze Schulgebäude, den Hof, die Fahrradkeller, die Bibliothek, die Räume nach ihr absuchen, am allerwenigsten die Mädchentoiletten.

Ben verlor bald die Lust an unserer Wette.

»Sie weiß gar nicht, was sie verpasst«, sagte er und verabredete sich mit Marie aus der Parallelklasse.

»Was liest du denn da?«, fragte meine Mutter. Ich saß in ihrem bequemen Wohnzimmersessel, hatte ein Buch von Gabriel García Márquez auf dem Bauch liegen und träumte vor mich hin. Mom sah auf den Buchdeckel und lachte: »›Hundert Jahre Einsamkeit‹. Da hast du dir ja was vorgenommen.«

»Es ist interessant«, behauptete ich, obwohl ich über Seite 50 noch nicht hinausgekommen war.

Ich sah ihr an, dass sie mir nicht glaubte. Ich rührte ihre Bücher sonst nie an. In ihrem Blick lag die Frage, was mit mir los war. Aber ich beantwortete sie nicht. Weil ich es selbst nicht so genau wusste.

Zwei Wochen nachdem Isabel in unsere Klasse gekommen war, nahm mich Albrecht beiseite.

»Ich habe ein Anliegen, Christoph«, sagte er, und ich schluckte, denn das klang verdammt nach Arbeit.

»Ihre neue Mitschülerin hat Lücken in Mathematik«, erklärte er mir, und ich kapierte auf Anhieb gar nicht, von wem er sprach. Denn für mich gehörte Isabel längst zu meinem Leben dazu, weil ich ständig an sie dachte. Ich wusste zwar nichts von ihr, aber ich hatte mir vieles einfach so zusammengereimt, Schlüsse gezogen aus ihrer Art, sich zu kleiden oder zu reden. Immer wieder hatte ich beschlossen, sie zu ignorieren. Ich hatte ja gesehen, wie alle nacheinander daran gescheitert waren, zu ihr Kontakt aufzunehmen. Ich wollte mir keine Abfuhr holen. Es hätte mich mehr getroffen als jedes andere ›Nein‹ in meinem Leben. Doch schon längst hatte ich mir in meinen Gedanken meine eigene Isabella gebastelt:

Eine verschlossene junge Frau, die nur darauf wartete, dass sie sich jemandem gegenüber öffnen konnte.

Die immer faszinierender wurde, je näher man sie kennenlernte.

Die so viel vom Leben wusste und doch in manchen Dingen so ahnungslos war.

Die ein Geheimnis aus ihrem Leben machte, weil es ein großes Geheimnis gab.

Die Hilfe brauchte, aber sie nicht annehmen konnte.

Ich wollte ihr Retter sein.

So weit meine Fantasie. Ich lag nicht so ganz falsch, aber das merkte ich erst später.

»Ich glaube nicht, dass Isabel bei mir Nachhilfe nehmen will«, sagte ich zu Albrecht, weil ich einfach Schiss hatte, aber zugleich freute ich mich über diese Chance.

»Ich weiß, sie ist schüchtern. Aber sie muss einiges nachholen. Und Sie können ihr das erklären.«

Tatsächlich hatte ich eine Zeit lang ziemlich viele Schüler gehabt, um mir Geld für den Führerschein zu verdienen. Meine Eltern wollten nur einen Zuschuss zahlen, aus pädagogischen Gründen, versteht sich. Damit ich lernte, was die Dinge wert wären.

Sie wollte nicht zu mir nach Hause kommen. Sie wollte aber auch nicht, dass ich zu ihr komme. Sie war gegen ein Treffen im Café.

»Hier in der Schule«, sagte sie und so saß ich noch ein paar Stunden mehr in diesem muffigen Kasten.

Albrecht hätte nicht sagen müssen, dass sie wenig Geld hatte. Das war so was von klar: ihre Klamotten, ihre Tasche, ihr Fahrrad. Noch nie hatte ich gesehen, dass sie Geld ausgab, nicht mal in der Pause am Kiosk. Ich schraubte also mein Honorar runter. Trotzdem sah ich, dass ich für sie zu teuer war. Ich schlug ihr vor, mir umgekehrt in Englisch zu helfen. Sie war einverstanden, fast erleichtert. Und ich war zufrieden: Wir würden noch mehr Zeit miteinander verbringen.

Isabel lernte schnell, sie war konzentriert und fleißig. Viel zu fleißig, fand ich. Sie ignorierte meine Witze, die ich zur Auflockerung einflocht. Sie war nur an Mathematik interessiert, so schien es. Ich betonte immer wieder, wie wichtig ihre Hilfe in Englisch für mich war. Ich war gar nicht so schlecht gewesen bisher. Aber das hatte sie offenbar nicht mitgekriegt. Oder sie ignorierte es, weil ihre Nachhilfe die einzige Möglichkeit war, für meine nicht zahlen zu müssen.

Anfangs saßen wir uns gegenüber. Aber irgendwann setzte ich mich neben sie, weil ich es satthatte, alles umgedreht zu entziffern. Wenn sie auf Distanz bedacht war, okay. Aber man musste es ja nicht übertreiben.

Die anderen in der Klasse betrachteten uns mit Neugier. Sagten aber nichts, fragten nichts. Selbst Ben dachte, da würde was laufen. Dabei war ich nur ihr Mathelexikon.

Irgendwann hielt Ben es nicht mehr aus.

»Wie ist sie denn so?«

»Nett, aber mehr ist da nicht.«

»Ihr redet doch nicht nur über Mathe.«

»Auch über Physik, gelegentlich.«

»Sehr witzig.«

»Ehrlich, Ben. Sie lässt sich das Zeug erklären, sie kapiert's, dann macht sie die Aufgaben und das war's.«

»Du verpasst deine Chance, Alter«, sagte Ben.

Fast hätte ich es an diesem Nachmittag versucht. Gemeinsam beugten wir uns über eine Aufgabe, unsere Köpfe berührten sich beinahe. Ich roch ihr Shampoo, ich sah den feinen Flaum an ihren Unterarmen. Als sie ihren Kopf zu mir wandte, da war sie mir so nah, dass ich fast erschrak.

Sonst war ich nicht schüchtern. Aber offenbar wusste ich nicht mehr, wie man mit einem Mädchen umgeht. Wenn mir allerdings jemand gesagt hätte, ich wäre verliebt, ich hätte es sofort abgestritten.

Der Mathetest war ein voller Erfolg. Sie schrieb eine Zwei. Genau wie ich. In der Pause kam sie auf mich zu, was sie sonst nie tat.

»Heute fällt die Nachhilfestunde aus«, verkündete sie. »Ich lade dich ins Café ein.«

Der leichte, federnde Schritt, mit dem ich zurück ins Klassenzimmer ging, war mir selbst neu. In den Schnulzen, die meine Oma gerne hört, heißt das: auf Wolken schweben. So weit war es mit mir schon gekommen. Nicht nur, dass ich seit mindestens fünf Wochen keine mehr geküsst hatte, ich war schon unendlich glücklich, wenn ein Mädchen mich ins Café einlud. Nein, nicht irgendeins, sondern sie.

Ich bemühte mich, vor ihr im Café zu sein, zog das Buch von Márquez heraus und tat so, als würde ich mich in die Lektüre vertiefen. Ich war immer noch nicht weiter als bis Seite 50 gekommen, aber das wollte ich nicht zugeben. Also schlug ich irgendwo zwischen Seite 200 und 250 auf und spielte den aufmerksamen Leser.

»Hi«, sagte sie nur und setzte sich mir gegenüber.

Ich lächelte sie an, legte ein Lesezeichen meiner Mutter ins Buch und klappte es zu. Natürlich steckte ich es nicht ein, sondern legte es ganz beiläufig auf den Tisch.

»Kennst du das?«, fragte ich und schob ihr das Buch zu.

Sie schüttelte den Kopf.

»Aber es ist ein Bestseller, noch dazu von einem kolumbianischen Schriftsteller, der den Nobelpreis bekommen hat«, hielt ich dagegen.

»Ich habe nicht so viel Zeit zum Lesen«, sagte sie. »Und außerdem: Kolumbien ist weit weg.«

»Es ist deine Heimat.«

»Ich bin schon sehr früh nach Deutschland gekommen.«

»Kannst du noch Spanisch?«

Sie nickte nur und bestellte für sich Tee. Meine Kaffeetasse war bereits leer. Eigentlich wollte ich gerne einen zweiten Cappuccino. Aber ich zögerte zu bestellen. Denn ich war mir sicher, sie wollte ihn bezahlen. Und ich wusste, dass sie knapp bei Kasse war.

Wir schwiegen eine Weile. Sie blies in ihren Tee, ich löffelte den restlichen Milchschaum aus meiner Tasse.

»Du kannst wirklich toll erklären.«

»Quatsch, du kapierst einfach schnell.«

»In meiner alten Schule waren wir in Mathe noch nicht so weit.«

»Warum bist du von dort weg?«

Sie sagte zunächst nichts, dann sah sie auf meine Tasse.

»Möchtest du noch einen Cappuccino?«

Ich nickte nun doch. Es war doof, eine Stunde ohne Getränk herumzusitzen.

Wie ich den Mut fand, locker und offen mit ihr zu reden, das weiß ich nicht. Aber mir machte ihre Verschwiegenheit viel aus, ich fand, dass ich allmählich ein Recht hätte, mehr von ihr zu erfahren. Oder wenigstens eine Erklärung dafür zu hören, warum sie aus ihrem Leben ein Geheimnis machte.

»Es ist schwer, mit jemandem zu reden, der nichts erzählen will«, sagte ich. »Wir verbringen viel Zeit miteinander und du sagst nie etwas über dich.«

Sie sah mich mit großen Augen an, aber sie schwieg.

»Deshalb, damit wir uns hier nicht ewig anschweigen müssen, erzähle ich jetzt einfach von mir, ob es dich interessiert oder nicht.«

Ich fing irgendwo an. Dass mein Vater Anwalt war, meine Mutter als Heilpraktikerin arbeitete, ich keine Geschwister hatte.

»Ich habe auch keine«, sagte Isabel. Ich spürte so etwas wie Glück. Die erste persönliche Information. Ich wollte schon nachfragen, was ihre Eltern machten, aber instinktiv hielt ich mich zurück. Wahrscheinlich wäre das schon wieder ein Schritt zu viel gewesen.

»Meine Mutter färbt ihre Haare rot, um nicht alt auszusehen. Sie kleidet sich, als wäre sie gerade erst zwanzig geworden und sie wäre gerne dünner.«

Isabel schmunzelte, und ich hoffte, sie doch noch zum Lachen zu bringen, deshalb machte ich einfach weiter.

»Dad ist eher so der Typ seriöser Mittvierziger, der sich gerne fit hält mit Joggen und Tennis. Dabei ziemlich eitel. Kein Spiegel, an dem er vorbeikommt, ohne dass er hineinsieht und seine grauen Schläfen bewundert, auf die seine Sekretärin so steht.«

Wieder lächelte sie.

»Einen Hund haben wir auch. Den habe ich bekommen, als ich fünf Jahre alt war. Jetzt ist er schon ziemlich alt, geht nicht mehr so gern spazieren, aber ...«

»Wie heißt er?«

»Jim Knopf.«

Sie runzelte die Stirn, sah mich fragend an. Ich erzählte ihr von dem Kinderbuch mit Jim Knopf, Lukas und der Lokomotive Emma. Und von Lummerland, das von Alfons dem Viertel-vor-Zwölften regiert wurde.

»Das kann nur einem Deutschen einfallen, einen König nach der Uhr zu benennen«, lachte sie. Für mich war es, als würde die Sonne aufgehen. Okay, kitschiger Vergleich, aber wahr.

Ich war so fasziniert von ihrem Strahlen, dass ich Idiot gleich ihre Teetasse umwarf und mir die Hand verbrühte.

Natürlich taten sie so, als sei alles in Ordnung.

»Sie ist sehr nett«, sagte Mom. Und Dad glaubte, behaupten zu müssen, dass Isabel einen guten Einfluss auf mich habe. Wie auch immer er darauf kam.

Wir hatten die Stunden inzwischen zu mir nach Hause verlegt. Eigentlich brauchte Isabel keine Nachhilfe mehr, sie war in Mathe auf dem aktuellen Stand. Und was den Englischunterricht anging … Nachdem ihr aufgefallen war, dass ich auch früher gut in Englisch gewesen war, hatten wir gewechselt. Ich lernte jetzt Spanisch bei ihr. So fühlte ich mich ihr näher. Außerdem brauchten wir einen offiziellen Grund, um uns zu treffen. Einfach so Zeit miteinander verbringen, das kriegten wir noch nicht hin.

Isabel war beeindruckt von unserer Wohnung, von der Dachterrasse, vor allem aber von Jim Knopf. Meinen Eltern gegenüber war sie unsicher. Kein Wunder. Mom war sehr herzlich, aber dabei musterte sie Isabel von oben bis unten. Dad kam eigens eher aus der Kanzlei – hatte Mom ihn angerufen? – und gab den jovial schmunzelnden Papa.

»Entschuldigen Sie meine Neugier«, sagte er, als er auf Isabel zuging. »Aber Christoph stellt uns sonst nie seine Freundinnen vor.«

Danke, Dad. Super. Dieses Mal war auch das letzte Mal.

Das Dümmste an seinem Spruch war allerdings, dass Isabel noch gar nicht meine Freundin war. Obwohl wir uns seit Monaten kannten. Alles, was bei anderen funktionierte, blieb bei ihr ohne Wirkung.

Trotzdem war es der schönste Frühling meines Lebens. Wir lagen auf der Dachterrasse, wir saßen am Wannsee unter einem Baum, wir gingen durch den Zoo. Wir waren überall da, wo es uncool war, wo alle anderen aus unserer Klasse nicht waren.

Wir redeten über die Schule, die Lehrer, die Mitschüler.

Über das, was wir lernen mussten.

Über die Stadt, über Kino oder Musik.

Tabu waren folgende Themen:

Isabels bisheriges Leben, ihr aktuelles Leben, ihre Zukunft. Eigentlich fast alles, was mich interessierte.

Nur manchmal blitzte etwas auf von ihren Träumen, von ihrer Sehnsucht, von ihren Gefühlen, von ihren Wünschen. Doch sie deckte es gleich wieder zu mit Sachlichkeit oder einem abrupten Themenwechsel.

»Was willst du studieren?«

»Das weiß ich noch nicht. Und du?«

Typisch. Sie gab die Frage zurück.

Bei jedem anderen Mädchen hätte ich längst aufgegeben. Liebe kann warten, das war nicht mein Spruch. Aber ich wartete. Ich wusste, dass ich sie verlieren würde, wenn ich ihr zu nahe kam. Sie zog die Grenzen. Ich akzeptierte.

Es war grotesk, aber alle hielten uns längst für ein Paar. In der Schule hießen wir nur noch Chrisabel, was ich gar nicht komisch fand. Meine Eltern löcherten mich mit Fragen zu Isabels Familie. Sie wollten sie gerne einladen.

»Jetzt tu doch nicht so geheimnisvoll«, sagte meine Mutter zu mir.

Sie konnte nicht ahnen, dass ich so wenig erzählte, weil ich selbst nichts wusste. Daher sagte ich wenigstens das, was ich bisher erfahren hatte: dass Isabel alleine mit ihrer Mutter lebte. Meine Eltern stürzten sich mangels anderer Informationen auf dieses Detail.

»Besonders wohlhabend scheinen sie nicht zu sein, aber das ist bei Alleinerziehenden ja oft so«, stellte meine Mom fest, immer ganz Expertin.

»Will der Vater nicht zahlen, kann er nicht oder ist er sogar unbekannt?«, fragte Dad, der Jurist.

Mom hatte Isabel nur einmal taxiert und dann festgestellt, dass die gesamte Kleidung, die sie trug, keine 50 Euro wert war. »Aber manchen Mädchen steht einfach alles«, sagte sie und seufzte. »Warum wirkt ein T-Shirt für fünf Euro an mir wie ein Lappen und deine Isabel sieht darin so toll aus?«

Weil sie toll ist, dachte ich. Aber ich sagte es lieber nicht.

Und dann machte ich einen entscheidenden Fehler. Sie hatte mir ihren Geburtstag verraten und ich schenkte ihr Klamotten, teure Klamotten. Mom hatte mich beraten. Ich fühlte mich super, als ich sie am

15. Juni mit mehreren Päckchen überraschte. Wir saßen in meinem Zimmer, sie packte eines nach dem anderen aus, sah sprachlos auf all die Sachen, dann auf mich.

Ich dachte, gleich fällt sie mir vor Dankbarkeit um den Hals. Aber sie war verletzt, wütend.

»Bin ich Aschenputtel für dich?«, rief sie. »Schämst du dich, weil ich so einfach angezogen bin?«

Sie warf alles auf den Boden und rannte zur Tür. Ich versperrte ihr den Weg. Sie schrie, sie ging auf mich los. Sie hatte nicht nur Temperament, sie hatte auch Kraft. Ich konnte sie kaum festhalten.

Meine Eltern waren nicht im Haus und ich war froh darum. Aber ich hörte das Winseln von Jim Knopf. Vermutlich saß er vor der Tür und dachte dasselbe wie ich: Gleich hat meine letzte Stunde geschlagen.

Ich hielt ihre Arme fest, sie wurde nur noch wütender.

»Lass mich raus, ich will weg.«

»Ich will dir wenigstens erklären …«

»Du möchtest mich kaufen.«

»Ich wollte dir eine Freude machen.«

»Verfluchter Geburtstag!«

Sie brach in Tränen aus. Ihre Wut war weg, so schnell wie sie gekommen war.

Ich nahm sie in den Arm. Strich ihr mit der Hand übers Haar.

Das hatte ich bisher nie gewagt.

Sie hob den Kopf, das Gesicht tränenüberströmt. Und dann küsste sie mich.

Ich hatte mir das immer so ausgemalt, dass ich sie irgendwann küssen würde, im Kino vielleicht oder wenn wir in der Sonne lagen. Es gab auch ein paar Anläufe, aber ich stellte mich besonders doof an. Als ob ich es verlernt hätte in diesen wenigen Monaten.

Dass sie die Initiative ergreifen könnte, auf die Idee wäre ich nie gekommen. Ich war so überrascht, dass ich fast vergaß, ihren Kuss zu erwidern.

Als sie das erste Mal bei mir übernachtete, gaben sich meine Eltern besonders locker. Frühstück im Familienkreis, noch etwas Kaffee, wir könnten uns doch duzen, ich könnte dir einen Pulli leihen, wir haben doch fast dieselbe Größe.

Sorry, Mom. Da täuschst du dich aber ganz gewaltig.

Ich ließ ihr alle ihre Geheimnisse. Ein paarmal fragte ich zu viel. Es war so leicht zu merken, wenn ich die Grenze überschritten hatte. Sie verkrampfte. Hatte ich meinen Arm um sie gelegt und stellte die falsche Frage, konnte ich spüren, wie sie verhärtete. Ganz langsam schloss sich die Tür und Isabels Innenwelt war vor meinen Angriffen geschützt. Ein weicher, warmherziger, liebevoller Mensch wurde innerhalb von Sekunden zur Festung. Dafür reichte ein Vorschlag wie: »Wir könnten doch ein paar Sachen von dir bei mir deponieren.«

Ich wusste nicht, wo sie wohnte.

Ich kannte weder ihre Mutter noch ihre Freunde.

Irgendetwas stimmte nicht.

Oft war ich sauer, weil sie mir nicht vertraute.

Manchmal spürte ich die Versuchung, einfach mal in ihren Sachen zu wühlen, wenn sie bei mir war. Ich habe es nicht getan.

In der Schule lasen wir etwas über Orpheus. Er holte seine Frau aus der Unterwelt. Die Bedingung war, dass er sich auf dem Weg nach oben nicht nach ihr umdrehte. Er hat es doch getan und Eurydike für immer verloren.

Ich dachte, wenn ich Isabel nachspioniere, verliere ich sie für immer. Deshalb habe ich es gelassen.

Lange Zeit. Bis zu dem Tag, als wir über die Ampel gingen. Okay, das haben wir oft getan. Aber wir gingen bei Rot.

Bisher war sie immer stehen geblieben, wenn die Fußgängerampel rot war. Ich machte mich darüber lustig. In den abgelegensten Nebenstraßen warteten wir ewig auf Grün. Alle Passanten gingen an uns vorbei. Wir standen und standen. Fingen an zu streiten, weil mein Spott sie ärgerte. Sie sagte, es habe doch einen Grund, dass die Ampel da sei. Also müsse man sich daran halten. Ich warf ihr Obrigkeitshörigkeit vor. Sie sei zu verspannt. Sie gab mir keine Antwort. Starrte auf das rote Männchen.

An diesem Tag riskierte ich es. Wir schlenderten Hand in Hand. Ich sah, dass die Fußgängerampel rot wurde. Isabel bemerkte es nicht. Sie sah gerade mich an, verliebt, glücklich, offen. Ich grinste und zog sie auf die Straße. Weit und breit kein Auto. Was also sollte hier gefährlich sein?

Isabel bemerkte meinen Betrug an ihren Prinzipien erst, als wir eine Stimme hinter uns hörten.

»He, ihr zwei. Farbenblind oder was?«

Isabel starrte auf das rote Ampelmännchen, dann auf den Polizisten, der uns folgte. Der Blick auf mich war voller Panik, Enttäuschung und Verzweiflung. Dann riss sie sich von mir los und lief weg.

Ich dachte, ich würde sie nie wiedersehen.

3. Kapitel

Der erste Tag im Waldhaus nach einer schlaflosen Nacht. Die Sonne scheint, der See draußen glitzert, doch Isabel möchte nicht vor die Tür. Was ist, wenn einer der Nachbarn sie entdeckt? Vermutlich wissen doch alle, dass die Besitzer verreist sind.

Eugenia schläft noch, erschöpft von der Flucht. Isabel durchsucht die Schränke, sie mag diesen löslichen Kaffee nicht, den ihre Mutter nach ihrer Ankunft zubereitet hat. Sie findet einige alte Teebeutel: Minze, Kamille, schwarzer Tee. Sie entscheidet sich für Schwarztee, kocht Wasser.

Bereits nach wenigen Minuten ist es so, als wäre sie schon lange hier. Sie ist es gewöhnt umzuziehen, sich in einer neuen Umgebung einzuleben, das Waldhaus ist mindestens die zehnte Station in den vergangenen fünfzehn Jahren, seit sie in Deutschland ist. Kein Umzug war freiwillig, immer hatte jemand in der Nachbarschaft Verdacht geschöpft, ein schiefer Blick zu viel, eine Frage zu konkret. Auch in der Schule, die sie bis zum letzten Weihnachtsfest besucht hatte, war es so gewesen. Die ersten Mitschüler hatten eine Ahnung, dass etwas nicht stimmte; die Lehrerin, die sie immer besonders unterstützt hatte, gab ihr den Tipp, an welcher Schule sie es noch versuchen könnte, ohne Gefahr zu laufen, entdeckt zu werden. Ein Direktor, der nicht so genau nachfragt, der keine Papiere sehen will, der Informationen über die neue Schülerin nicht unbedingt an die Behörden weitergibt. Sie hatte so sehr gehofft, dort länger bleiben zu können. Doch jetzt war es wieder so: keine Wohnung, keine Schule, erneut auf der Flucht und auf der Suche nach mehr Sicherheit. Doch – eines ist anders als früher. Es gibt Christoph.

Sie möchte ihn gerne anrufen oder ihm eine SMS schicken, aber sie ist nicht sicher, ob das klug ist. Wo mag er jetzt sein? Sie sieht auf die Uhr. Er müsste noch in der Schule sitzen, neben Ben. Sie haben vereinbart, dass er sich so normal wie möglich verhält. Sie hofft sehr, dass er es auch tut. Zu seinem eigenen Schutz – und natürlich auch zu ihrem.

Immer wieder taucht blitzlichtartig die schreckliche Szene der Nacht vor ihr auf. Kröger, wie er im Keller liegt, das Blut, der seltsam verdrehte Hals, die aufgerissenen Augen. Ihr Entsetzen, ihre Angst, alles ist dann wieder da.

Bestimmt ist die Polizei schon im Haus. Sichert die Spuren. Spricht mit den Mietern. Die Frau des Hausmeisters: Wer sagt ihr, dass ihr Mann tot ist? Sie haben oft gestritten, das war im ganzen Haus zu hören, sie liebten sich bestimmt schon ewig nicht mehr – aber vielleicht ist sie doch geschockt, entsetzt, traurig.

Isabel setzt sich mit ihrem Tee ans Fenster. Lugt hinaus. Kein Mensch weit und breit. Soll sie es doch wagen und hinausgehen in die Sonne, ins Licht?

Später vielleicht.

Wahrscheinlich wird die Polizei die Hausbewohner vernehmen, einen nach dem anderen. Wer wird sagen, dass da unten in der Abstellkammer eine Frau und ihre Tochter wohnten? Die meisten wissen nicht, dass sie und ihre Mutter sich illegal in Deutschland aufhalten. Manche ahnen es, Mehmet hat es ihr einmal auf den Kopf zugesagt und sie hat es zugegeben.

Sie will diese Gedanken verdrängen, aber sie kommen immer wieder.

Was ist letzte Nacht passiert? Und vor allem: Welche Konsequenzen hat es für sie und ihre Mutter?

Wenn Kröger ermordet worden ist … werden sie dann als Zeugen gesucht? Oder sind sie allein deswegen verdächtig, weil sie verschwunden sind? Wird dann nach ihnen gefahndet? Mit Radiodurchsagen, Plakaten und allem Drum und Dran? Wenn man sie erwischt, gibt es ein faires Gerichtsverfahren, bekommen sie einen Anwalt und kann der ihnen helfen? Kommen sie ins Gefängnis oder werden sie gleich abgeschoben? Wie könnten sie ihre Unschuld beweisen? Immerhin hätte sie ein Motiv. Wie so viele andere auch. Alle im Haus hassten Kröger.

Wenn Kröger nur gestürzt wäre, also an den Folgen eines Unfalls gestorben ist ... wäre das besser? Klar, vor allem wenn das schnell rauskäme. Ein Unfall, keine Ermittlungen, sie und ihre Mutter könnten gleich zurück, ohne dass ihr Verschwinden überhaupt groß auffiele. Aber wenn er ermordet worden ist, dann macht es sie besonders verdächtig, dass sie abgehauen sind. Hätten sie bleiben sollen, weil sie unschuldig sind? Auch wenn die Polizei sie nur als mögliche Zeugen befragt hätte, mit Sicherheit wäre rausgekommen, dass sie Illegale sind. Sie wären abgeschoben worden. Was für eine verzweifelte Situation.

Schlagartig wird Isabel klar, dass sie ab jetzt in keinen Teil ihres bisherigen Lebens zurückkann. Nicht in die Schule, nicht in ihre Wohnung. Sie verliert wieder einmal alle Kontakte, außer ihrer Mutter wird ihr niemand bleiben. Und was ist mit Christoph?

Wieder sieht Isabel zur Uhr. Sie sehnt Christoph herbei. Sie will seine Wärme spüren, er hat ihr gestern so viel Sicherheit gegeben mit seiner Ruhe und Klarheit. Wie er mit ihnen das weitere Vorgehen geplant hat, wie er für sie da war. Sie hat immer so sehr gehofft, dass sie seine Hilfe nicht braucht. Doch nun hat sie ihn in ihr Schicksal mithineingezogen.

Jetzt wird er einkaufen. Und die Vorräte hierherschaffen, zu ihnen. Hoffentlich ist er noch nicht ins Visier der Ermittler geraten. Kann er sich noch frei bewegen? Oder bringt ihn die Polizei schon mit ihrem Verschwinden in Verbindung? Wie lange wird es dauern, bis sie herausfinden, dass er ihr Freund ist?

Isabel legt die Füße auf der Holzbank hoch und lehnt den Kopf an die Wand. Sie schließt die Augen, doch da erscheint sofort das Bild des toten Hausmeisters. Sie versucht, es mit einem anderen Bild zu überlagern. Christoph, tief schlafend, nach ihrer ersten gemeinsamen Nacht. Ein Anblick, der sich ihr eingebrannt hat. Denn damals hat sie sich geschworen, dass sie ihn nie verlassen wird.

Damals, wie das klingt. Es ist erst vier Monate her. Aber es war in einer anderen Zeit, in einer anderen Welt. So wird es nie wieder sein.

Erschöpft schläft sie ein.

Das Knattern seines Rollers weckt sie. Christoph ist da! Und Eugenia ist inzwischen auch wach. Gemeinsam gehen sie vor die Tür, helfen ihm beim Hereintragen der Einkäufe.

»Ich kann es dir nicht bezahlen«, sagt Eugenia verlegen.

Christoph winkt nur ab. Dann zieht er ein Handy heraus.

»Neu gekauft. Für mich. Ich gebe euch die Nummer und ihr ruft mich nur noch auf diesem Handy an. Ich telefoniere umgekehrt mit euch auch nur von diesem Gerät aus. Falls die Polizei irgendwann auftaucht und mein Handy checken will, gebe ich ihnen das alte.«

Daran hat sie noch gar nicht gedacht. Doch es ist eine gute Idee von Christoph. Es wird so aussehen, als hätten sie keinen Kontakt mehr. Für den Fall, dass die Polizei ihn vernimmt.

Traurig sieht er sie an: »Ich habe alle deine SMS gelöscht. Vorsichtshalber.«

Sie nimmt ihn wortlos in den Arm.

»Soll ich euch auch neue Telefone besorgen?«, fragt er nach, aber Isabel schüttelt nur den Kopf.

»Unsere Handys laufen doch sowieso nicht auf unsere Namen«, sagt sie nur und lächelt schief. »Uns gibt's doch eigentlich gar nicht.«

Das Rattern eines Hubschraubers. Isabel, die sich eben noch weich an Christoph gelehnt hat, verspannt, richtet sich kerzengerade auf. In Eugenias Augen flackert die Angst.

»Sie suchen euch doch nicht mit einem Hubschrauber«, versucht Christoph zu beruhigen.

»Wir können hier nicht bleiben.« Es kommt entschlossen und hart heraus.

»Ihr müsst«, widerspricht Christoph.

Sie schüttelt den Kopf. »Sie werden uns schnell finden. Über dich.«

»Dann komme ich eben ein paar Tage nicht.«

»Irgendwann musst du wiederkommen. Denn ohne dich können wir nicht überleben.«

»Ich könnte euch noch weiter wegbringen, raus aufs Land, wo euch niemand kennt, wo man von dem Mord nichts weiß.«

»Du tust naiver, als du bist.« Isabel spürt Zorn in sich aufsteigen. »Es gibt Fahndungsplakate. Und Fremde in einem Dorf, die auch noch aussehen wie Ausländer, da guckt jeder hin. Da fragen doch alle: Was machen die da?«

»Eine andere Stadt«, schlägt Christoph vor. »Ich habe Freunde in Köln.«

Isabel sieht ihre Mutter einen Moment an, zögert.

»Ich glaube, dass er umgebracht worden ist«, sagt sie schließlich. »Und dann haben wir keine Chance, wenn sie uns verdächtigen und nach uns fahnden. Sie werden uns überall kriegen.«

»Doch, ihr habt eine Chance«, behauptet Christoph. »Wenn sie den Täter schnell schnappen, dann seid ihr erst mal aus der Schusslinie. Denn sie suchen ja einen Mörder, nicht zwei Frauen, die illegal in Deutschland leben.

Das bringt Isabel auf eine Idee. Ein winziger Hoffnungsschimmer.

»Vielleicht sollten wir uns selbst darum kümmern.«

Christoph sieht sie ungläubig an.

»Du willst recherchieren? Du kannst hier nicht weg!«

Nein, da hat er recht. Trotzdem erscheint es ihr als die einzige Lösung: schnell den Täter finden, bevor die Polizei überhaupt auf ihre Spur kommt. Sie schweigt, überlegt, sieht Christoph an.

»Ich fahre zu eurem Haus, schaue nach und höre mich um«, verspricht Christoph. »Bist du dann zufrieden?«

Isabel zögert, dann nickt sie. Sie würde das lieber selbst in die Hand nehmen. Doch das ist unmöglich.

»Aber sei vorsichtig«, sagt sie und küsst ihn auf die Wange.

Dann ist er weg.

4. Kapitel

Die Fahrt auf dem Roller wird quälend. Ein Schwall Wasser von der Seite, wenn ein Auto vorbeifährt, von oben gießt es wie aus Kübeln. Christoph muss sich auf den Verkehr konzentrieren, dabei gibt es so viel zu überlegen. Vorher hat er noch großspurig getönt, er werde sich umhören. Aber jetzt ist er nicht mehr sicher, ob er wirklich etwas herausfinden kann.

Vermutlich ist schnell klar, ob es Unfall oder Mord war.

Und es stellt sich auch bald heraus, dass zwei Mieter verschwunden sind. So kommen sie auf die Spur von Isabel und Eugenia.

Vielleicht lenkt jemand absichtlich den Verdacht auf die beiden Frauen. Weil er selbst der Mörder ist. Oder es sein könnte.

Kröger hat sie schikaniert, das weiß jeder im Haus.

Und sie sind flüchtig.

Es wird dunkel.

Christoph parkt seinen Roller in der Falckensteinstraße und geht zu Fuß weiter. Um die Ecke, in die Wrangelstraße, vorbei an den vielen kleinen Läden, der eine oder andere hat noch offen. Das Tor ist über und über mit Graffiti verziert, es ist nicht verschlossen, er schiebt es auf, es quietscht.

Im Hinterhof ist alles still.

Niemand zu sehen, auch kein Polizeiwagen.

Er öffnet die immer unverschlossene Haustür leise, biegt gleich in den düsteren Flur nach rechts.

Nur eine Wohnung hier. Die von Isabel und Eugenia. Eigentlich war es mal eine Abstellkammer. Aber der Hausmeister hat schnell erkannt, dass sich hier noch Geld machen lässt. Mit Menschen, die auf normalem Weg keine Bleibe bekommen.

Die Wohnung ist versiegelt. Also sind sie Isabel und Eugenia schon auf der Spur, vermutet er. Wahrscheinlich haben sie alles durchsucht, wissen längst, dass die beiden illegal in Deutschland sind. Macht sie das automatisch verdächtig? Was haben sie in der Wohnung gefunden, dass sie es für nötig hielten, sie zu versiegeln? Auf alle Fälle wagt er es nicht, dieses Siegel aufzubrechen.

Leise schleicht er die Treppe zum Keller hinunter. Will kein Licht machen. Dennoch sieht er die Kreideumrisse am Ende der Treppe.

Da lag Kröger. Das Blut ist weggewischt, aber ein dunkler Fleck ist noch zu sehen.

Der Tatort. Fotografiert, abgemessen, auf Spuren untersucht.

»Was machst du hier?«

Christoph zuckt zusammen. Er hat keine Schritte gehört, die Frau steht wie aus dem Nichts am oberen Ende der Kellertreppe.

Er antwortet nicht, was soll er auch sagen?

»Was machst du hier?«

Die Stimme klingt schärfer.

»Ich wollte eigentlich zu Isabel Hernandez.«

»Und deshalb gehst du in den Keller?«

Christoph steigt die Treppe hoch, er möchte an der Hausmeisterin vorbei, aber sie bleibt im Türrahmen und zwingt ihn, zwei Stufen tiefer zu stehen und zu ihr hochzublicken.

»Die Wohnungstür war versiegelt …«

»… und da dachtest du, deine Freundin versteckt sich da unten?«

Sie klingt höhnisch. Vielleicht ist es auch nur Misstrauen.

Sie trägt schwarz. Natürlich. Es war ihr Mann, der hier ums Leben kam.

Christoph bemüht sich, seine gute Erziehung hervorzukehren. »Ich möchte Ihnen mein Mitgefühl zum Tod Ihres Mannes aussprechen, Frau Kröger«, sagt er und versucht, dabei aufrichtig zu wirken.

»Woher weißt du, dass er tot ist?«

Mist! Das war ein Fehler. Jetzt bloß cool bleiben.

»Ich habe es vorne an der Straße erfahren – am Kiosk.«

Nicht schlecht für eine spontane Lüge.

»Oder von deiner Freundin, dieser Schlampe.«

Christoph zuckt zusammen. Er würde gerne heftig herausgeben, aber die Frau verunsichert ihn.

Er drückt sich an der Witwe des Hausmeisters vorbei.

»Die Polizei sucht sie schon und wird sie finden!«, ruft Frau Kröger ihm nach, als er fluchtartig das Weite sucht.

Christoph rennt hinaus in den Hof. Er lehnt sich gegen die Wand, atmet tief durch. Eigentlich sollte er schnell verschwinden, aber ihm ist ein bisschen flau. Das Blut, die Kreide, das Wissen darum, dass hier ein Mensch gestorben ist, vielleicht sogar ermordet wurde … Dann die Begegnung mit Frau Kröger, ihre Gehässigkeit, ihr Misstrauen …

Es war dumm, hierherzukommen, denkt er, als er den Hof verlässt.

Hat er damit nicht erst recht den Verdacht auf Eugenia und Isabel gelenkt? Die Witwe des Hausmeisters wird der Polizei doch sicher erzählen, dass er hier war.

Was soll er nun tun? Ins Waldhaus fahren und berichten?

Was kann er denn sagen? Nichts, was sie sich nicht schon denken könnten.

Außerdem: Er muss nach Hause. Oder sich wenigstens melden.

Erst Isabel. Er nimmt sein neues Handy. Ruft an.

»Ja?«

»Eure Wohnung ist versiegelt.«

»Also haben sie sie durchsucht.«

»Ja. Und die Kröger hat mich erwischt, als ich herumgeschnüffelt habe.«

»Verdammt.«

»Sie sagt, die Polizei sucht schon nach euch.«

»Pass auf dich auf.« Sie klingt besorgt.

Er will bei seinen Eltern anrufen. Dass er sich verspätet hat, aber gleich nach Hause kommt. Halt – falsches Handy. Er muss das alte nehmen. Doch das hat er ausgeschaltet, als er in die Waldhütte zu Isabel und Eugenia fuhr. Als er jetzt die PIN eingibt, beginnt es gleich zu brummen.

»Wo bist du?« Seine Mom. »Die Polizei möchte dich sprechen.«

Nein, er wird nicht vorgeladen. Sie warten schon auf ihn, als er nach Hause kommt. Das neue Handy hat er vorsichtshalber in der Garage versteckt. Wer weiß, vielleicht durchsuchen sie ihn.

»Sie erlauben doch, dass ich bei der Befragung dabeibleibe. Mein Sohn ist noch nicht volljährig.«

Typisch Dad. Aber heute ist Christoph froh um seine beschützende Haltung. Dad wird von ihm ablenken mit seinen einstudierten Anwaltssprüchen.

»Selbstverständlich können Sie von uns jede Hilfe erwarten, wenn es um die Aufklärung eines Verbrechens geht.«

»Darf ich fragen, was passiert ist?« Christoph stellt sich dumm.

»Ein Hausverwalter in Kreuzberg wurde tot aufgefunden, er ist die Kellertreppe hinuntergefallen – oder hinuntergestürzt worden.«

»Was habe ich damit zu tun?«, fragt Christoph.

»Die Fragen stellen wir.«

Die Kripobeamten teilen sich die Aufgabe. Der eine nickt und tut freundlich, der andere mustert Christoph argwöhnisch.

»Wo waren Sie heute den ganzen Nachmittag und Abend?«

Mist, er hat sich nicht um ein Alibi gekümmert. Irgendwer hätte ihn irgendwo sehen müssen. Aber nichts. Er war einfach nur unterwegs. Und hat sich nicht überlegt, was er sagen könnte.

»Nach der Schule bin ich nach Hause gekommen.«

»Kann das jemand bezeugen?«

Christoph schüttelt den Kopf: »Meine Eltern waren nicht da, aber meine Mutter hat mir was zum Essen hingestellt, und das habe ich gegessen, das kann man doch nachprüfen.«

Der eine Kripobeamte nickt. Good Guy.

Bad Guy fragt weiter: »Wann bist du wieder gegangen?«

Er ist zum ›Du‹ übergegangen. Aber es klingt nicht vertraulich.

»Um zwei oder drei Uhr, glaube ich.«

»Glaubst du oder weißt du?«

»Ich weiß es nicht genau.«

»Wo warst du dann?«

»Im Kino.«

»Allein?«

Christoph nickt. Ihm ist nichts Dümmeres eingefallen. Aber das wäre zumindest eine Möglichkeit, zwei oder drei Stunden dieses Nachmittags abzudecken, für den er so gar kein Alibi hat.

»Wo und was?«

»Eine Spielberg-Retrospektive im Gloria. Ich war im ›Weißen Hai‹.«

»Eintrittskarte?«

»Hab ich weggeworfen.«

»Erzähl mal was zur Geschichte.«

Christoph erzählt. Er kennt den Film aus dem Fernsehen. Er wird ausführlich. Und im hintersten Winkel seines Kopfes denkt er darüber nach, wie er die letzten paar Stunden dieses Tages erklären könnte.

»Okay, okay, du hast den Film gesehen«, sagt der Polizist, und es soll wohl so klingen, als ob er ihm die Geschichte abkauft. »Was dann?«

»Ich habe mir eine Cola gekauft und bin in den nächsten Film gegangen.«

Er sieht, dass ihm niemand glaubt, nicht einmal

sein Vater. Aber der bemüht sich, das nicht zu zeigen.

»Ein Cineast.« Der Polizist sagt es spöttisch.

»Wir sind alle sehr kinobegeistert«, meint der Vater. »Und Spielberg ist nun mal ein Meister seines Fachs.«

»Was war's denn dieses Mal? Derselbe Film?«

»Nein. ›Die Farbe Lila‹.«

Christoph wird heiß und kalt. Diesen Film hat er nicht gesehen. Isabel und er hatten ihn im Kinoprogramm angestrichen, wollten vielleicht reingehen. Aber daraus wurde nichts. Alles ist anders als gestern. Alles.

Doch es kommt keine Frage nach der Geschichte. Nur nach der Eintrittskarte. Wieder schüttelt Christoph den Kopf.

Die Beamten wechseln einen Blick.

»Was hat das mit dem toten Hausverwalter zu tun?«, fragt Christoph. Er muss den Eindruck erwecken, dass er keine Ahnung hat, was sie von ihm wollen. Auf keinen Fall darf es so aussehen, als wüsste er bereits etwas.

»In dem Haus lebt eine Freundin von dir.«

Christoph bemüht sich, den Überraschten zu spielen. Er sieht der Mimik seines Vaters an, dass ihm dies nicht besonders überzeugend gelingt.

Der weniger freundliche Cop übernimmt das Fragen.

»Isabel Hernandez ist doch deine Freundin?«

»Wir gehen in eine Klasse und sind befreundet, ja.«

»Wie sehr?«

Christoph zögert kurz. Muss er alles sagen? Ein fragender Blick zum Vater.

»Antworten Sie bitte.«

Aha, wir sind wieder beim ›Sie‹, denkt Christoph.

»Sie ist nach den Weihnachtsferien in meine Klasse gekommen. Ich habe ihr in Mathe geholfen, wir haben uns angefreundet.«

»Ein sehr verschlossenes Mädchen«, ergänzt sein Vater. »Sie war ein paarmal hier, wegen der Nachhilfe.«

»Das haben Sie uns bereits gesagt.« Der Beamte klingt kühl.

»Aber sie hat doch nichts mit dem Tod des Hausmeisters zu tun, oder?« Christoph will endlich etwas erfahren, nicht nur ausgefragt werden. Doch die Polizisten gehen nicht auf seine Frage ein.

»In der Wohnung hängt ein Foto von dir und Isabel.«

Christoph nickt und versucht es noch einmal.

»War der Sturz des Hausmeisters ein Unfall oder hat ihm jemand was getan? Das wissen Sie doch sicher schon!«

Keine Antwort, weitere Fragen.

»Weißt du, wo Isabel jetzt ist?«

Christoph schüttelt den Kopf.

»Sie hat sich den ganzen Tag nicht bei dir gemeldet?«

Kopfschütteln.

»Und du hast sie auch nicht kontaktiert?«

Erneutes Kopfschütteln.

»Können wir dein Handy sehen?«

Christoph überlegt kurz: Dürfen die das? Was ist, wenn er sich weigert? Es würde auf alle Fälle verdächtig wirken. Er bemerkt den auffordernden Blick seines Vaters. Warum soll er es nicht rausrücken? Er hat es doch schon bearbeitet.

Der Kripobeamte sieht sich die Einträge an, geht die SMS durch.

»Da ist nichts von Isabel Hernandez.«

Christoph schießt das Blut in den Kopf. Er hat einen Fehler gemacht. Er hätte einen Teil der SMS löschen sollen, nicht alles, schon gar nicht die Nummer. Das ist verdächtiger als alles andere.

»Vielleicht hatte sie gar kein Handy?«, schaltet sich Christophs Vater ein, aber es klingt nicht sehr überzeugend.

Die Polizisten verabschieden sich.

»Komm bitte morgen früh zu uns«, sagt der eine und gibt Christoph eine Visitenkarte.

»Trotz Schule?«

Der Kripobeamte grinst: »Du wirst schon nicht allzu viel versäumen.«

»Wo ist sie?«, fragt Christophs Vater, als die Polizei gegangen ist.

»Keine Ahnung.«

Der Blick seines Vaters sagt ihm: Ich weiß, dass du lügst.

Er schenkt sich ein Glas Rotwein ein, bietet auch ihm eins an, doch Christoph schüttelt den Kopf.

»Die Polizei geht schon lange nicht mehr von einem Unfall des Hausverwalters aus«, vermutet sein Vater. »Das merke ich an dem Verhalten der Beamten. Und wenn das so ist, dann steht deine Freundin unter Mordverdacht. Sonst würden sie nicht so schnell hier auftauchen – und sie auch nicht so fieberhaft suchen. Vermutlich haben sie schon eine Fahndung eingeleitet.«

Er schweigt.

»Hast du mit der Sache zu tun?«

Er schweigt.

»Du machst dich strafbar und bringst dich in Gefahr.«

Er schweigt.

»Wir machen uns Sorgen.«

Das ist seine Mutter. Sie steht in der Tür, beunruhigt, aufgewühlt.

»Ich gehe ins Bett, ich bin müde«, sagt Christoph.

»Es spricht für dich, wenn du Isabel helfen willst.« Typisch Mom.

»Aber du hast keine Chance.« Typisch Dad.

Er geht in sein Zimmer, legt sich aufs Bett, starrt an die Decke.

Wenn er Pech hat, erfahren die Beamten von der

Frau des toten Hausmeisters, dass er schon in der Wrangelstraße war. Er hat also gewusst, dass Isabel verschwunden ist. Er hat auch gewusst, dass Kröger tot war.

Er hat gelogen – und sie werden wissen wollen, warum.

Hätte er gleich sagen sollen, dass er dort war?

Egal, er kann es ohnehin nicht mehr ändern.

Aber eines ist klar: Er muss vorsichtig sein. Denn jede seiner Bewegungen kann Isabel und ihre Mutter verraten.

Er muss stillhalten und warten.

Obwohl er viel lieber vorbeifahren würde. Jetzt. Sofort.

Aber er wagt es nicht einmal, bei ihnen anzurufen.

5. Kapitel

Ich wusste, dass sie mich anlog. Sie war eine verdammt gute Schweigerin, aber eine schlechte Lügnerin. Sie sei drei Mal schwarz mit der S-Bahn gefahren, sagte sie. Deshalb die Flucht, als sie den Polizisten sah.

»Bei Rot an der Ampel stehen bleiben, aber schwarzfahren?«

Mir kam das komisch vor.

»Ich habe eben vergessen zu stempeln.«

Ausgerechnet sie, die nie etwas liegen ließ, verlor oder vergaß?

Und wird man gleich verhaftet, nur weil man Schwarzfahrer ist?

»Es war eine Panikreaktion. Tut mir leid.«

Dass meine Freundin mir nicht alles erzählen wollte, damit konnte ich leben. Aber jetzt hatte ich den Verdacht, es stecke mehr dahinter.

Jeder Versuch, mit ihr darüber zu reden, ging schief. Wir waren ein Paar, aber sie vertraute mir nicht.

Es war nun Sommer, kurz vor den Ferien, und inzwischen hatten alle in der Schule mitgekriegt, dass was lief zwischen uns. Ben hatte sich eine Zeit lang über meinen neuen Lebenswandel lustig gemacht. Ein paar Fragen, ein paar Zoten, ein paar verpasste Partys, dann war ich draußen aus der Clique. Es war kein Spaß mehr, mit mir befreundet sein. Das wusste ich selbst. Mein Leben drehte sich um Isabel. Auf einmal war ich so, wie ich nie werden wollte: Ich hatte nur noch eine Frau im Kopf.

Doch Isabel hatte kaum Zeit. Selten, dass wir einen ganzen Nachmittag zusammen verbrachten. Sie habe noch zu tun, sagte sie. Was genau, das erzählte sie mir nicht. Sie müsse ihrer Mutter helfen, hieß es einmal. Sie habe einen Arzttermin, sagte sie ein andermal. Sie müsse ein bisschen nebenher jobben, weil sonst das Geld nicht reiche. Ich glaubte ihr. Doch meinen Vorschlag, sie von der Arbeit abzuholen, lehnte sie ab.

Ich hatte mein Leben geändert für jemanden, der in meinem Leben gar keine große Rolle spielen wollte.

So viele Fragen, auf die ich nur kurze und ausweichende Antworten bekam.

Wie ist das Leben in Kolumbien?

Warum seid ihr dort weg?

Hast du noch Verwandte?

Machst du dort Urlaub?

Wann warst du das letzte Mal zu Hause?

Die Irritation im Blick bei meinem Vorschlag, nach dem Abitur gemeinsam in ihre Heimat zu fliegen.

Hatten wir gerade noch verliebt zusammen auf dem Sofa gelegen, hatten gekuschelt, gelacht, geträumt, war auf einmal alles anders. Sie lag immer noch da, aber sie machte zu. Eine falsche Frage und die Nähe verflüchtigte sich wie ein Duft.

Ich fragte nicht weiter wegen der Geschichte mit der Ampel. Ließ die Sache auf sich beruhen. Aber ich hatte mein Vertrauen in sie verloren, und sie ging mir aus dem Weg, um nicht über sich reden zu müssen.

Nie hätte ich mir vorstellen können, so etwas zu tun. Aber ich tat es doch. Ich spionierte ihr nach. Denn mein Gefühl sagte mir, dass ich mehr über sie wissen wollte und sollte. Außerdem hatte ich die Lügen und Geheimnisse satt.

Sie fühle sich nicht so gut und wolle nach Hause, sagte sie, als ich sie nach der Schule fragte, ob sie mit zu mir kommen wolle. Sie nahm die U-Bahn am Bayerischen Platz. Ich ließ meinen Roller stehen und folgte ihr.

Sie stieg am Mehringdamm aus – wohnte sie hier in der Gegend?

Ich ging ihr nach. Vorsichtig, immer voller Angst, sie würde sich umdrehen und mich sehen. Ich bemerkte ihren wachsamen Blick nach allen Seiten. Aber ich war klug genug, Abstand zu halten.

Sie bog in die Bergmannstraße ein. Fast verlor ich sie, weil sich ein Pulk Touristen zwischen uns beide schob. Die Gruppe belagerte ein Straßencafé. Stühle wurden gerückt, Tische verschoben. Mit Mühe kam ich durch und sah gerade noch, dass Isabel in einem Torbogen verschwand.

Ich kam zu spät. Sie war wie vom Erdboden verschluckt. Ob sie einen der Eingänge im Hinterhof genommen hatte? Aber welchen?

Da hörte ich ihre Stimme. Leise, aber eindeutig. Sie hatte offenbar die Haustür gleich hinter dem Torbogen genommen. Die führte in einen Flur, in dem es nach Essen roch. Der Hintereingang zu einem gutbürgerlichen Berliner Lokal.

Ich guckte in den Flur. Ein Kellner lief in die Küche, eine Küchenhilfe kam heraus zum Rauchen, sah mich argwöhnisch an. Hier konnte ich nicht stehen bleiben und beobachten. Also ging ich langsam weiter durch den Flur in Richtung Toiletten. War das gar nicht ihr Zuhause? Arbeitete sie hier? Als Bedienung? Ich wollte wissen, was sie machte. Aber ich wollte nicht von ihr dabei erwischt werden. Mir war klar, dass sie sauer würde. Für Isabel wäre das ein Vertrauensbruch. Ihr Verhalten und ihre Geheimnistuerei hingegen fand sie normal. Langsam ging ich von den Toiletten zurück durch den Flur. Die Küchenhilfe hatte gerade ihre Zigarette ausgedrückt, kam von draußen herein und öffnete die Tür zur Küche. Da sah ich sie. Sie stand an der Spülmaschine und räumte Teller aus.

Warum hatte sie mir nicht gesagt, wo sie arbeitete? Mir war doch klar, dass sie dazuverdienen musste. Anfangs hatte ich sie oft eingeladen, auf einen Kaffee, ins Kino. Aber inzwischen weigerte sie sich häufiger, etwas anzunehmen. Deshalb waren wir häuslich geworden. Mir war es egal, ich war gerne mit ihr allein. Aber meistens war ich ohne sie allein.

Ich setzte mich in ein Straßencafé gegenüber und wartete. Trank einen Kaffee nach dem anderen. Stunden vergingen. Ich war wütend auf mich. Warum tat ich mir das an? Warum traf ich mich nicht mit Ben und den anderen? Ich sollte wieder mehr an mein eigenes Leben denken. Isabel ließ mich in ihres ja nicht hinein.

Doch da kam sie heraus. Ich zahlte und folgte ihr. Es war genug los, sie konnte mich in diesem Gewusel nicht entdecken. Sie merkte nichts. Ging zu Fuß weiter. Zur Kirche am Südstern, dann die Graefestraße hinauf in den weniger schicken Teil Kreuzbergs. Ich folgte ihr, beeindruckt von ihrem schnellen Tempo. Ich war selten in dieser Gegend, aber Isabel ließ mir wenig Zeit, mich umzusehen. Sie ging rasch, sie huschte durch die Straßen.

Sie hatte gesagt, dass sie in Kreuzberg wohnte. Das war also offenbar die Wahrheit. Nun hatte ich die Chance herauszufinden, wo genau. Die Mariannenstraße hoch. Am Kunstamt Kreuzberg vorbei. Sie bog rechts in die Wrangelstraße. Viele kleine Läden, viele Menschen aus anderen Nationen. Sie verschwand in einem kleinen Lebensmittelgeschäft, kam ein paar Minuten später mit einer Tüte voller Einkäufe wieder heraus.

Und jetzt? Wohnte sie hier irgendwo?

Die Hausfassade war frisch geweißelt, das Hoftor mit Graffitis verziert. Der Hinterhof war das, was mein Vater ironisch ›noch nicht kaputt saniert‹ nannte. Ein heruntergekommenes Haus. Hässlich. Kalt. Krank.

Vier Stockwerke. Bröckelnder Putz. Blinde Fenster. Einige mit Holz vernagelt.

Ein paar Klingelschilder, aber nur wenige Namen.

Hernandez stand nicht drauf.

Ich zögerte. Was würde es bringen, sie hier zur Rede zu stellen?

Wahrscheinlich wieder nur Lügen, Ausreden, Halbwahrheiten.

Ich wollte sie gar nicht hören.

Am nächsten Tag schwänzte ich die Schule, ohne es Isabel zu sagen. Sollte sie mich für krank halten oder denken, ich mache blau. Sie hatte doch auch ihre Geheimnisse, warum also sollte ich ehrlich sein. Ich fuhr noch einmal in die Wrangelstraße, betrat das Haus, sah mich erst einmal im Erdgeschoss um. Hier gab es offenbar keine Wohnungen, nur eine Metalltür, die vermutlich in einen Abstellraum führte. Ich wollte gerade die Treppe in den ersten Stock hochgehen, als genau diese Metalltür aufging und eine Frau herauskam, die Isabel verdammt ähnlich sah.

So wird sie in zwanzig Jahren sein, dachte ich und hoffte in dem Moment, wir wären dann noch ein Paar.

Sie trug ein einfaches Sommerkleid. Die dunklen Haare hatte sie nach hinten gebunden, sie musterte mich offen und aufmerksam.

»Du musst Christoph sein«, sagte sie dann und trat zur Seite. Als hätte sie auf mich gewartet. Die Abstellkammer war doch eine Wohnung oder war zumindest zu einer umfunktioniert worden.

»Frau Hernandez …«

»Eugenia.«

Ein kleines Zimmer im Erdgeschoss. Nur ein winziges Fenster, durch das wenig Licht hereinkam. Die Lampe über dem Tisch brannte. Zwei Sofas, das Bettzeug ordentlich gefaltet. Ein Kreuz an der Wand. Ein alter Herd mit zwei Kochplatten. Ein Kühlschrank. Tisch, Stühle, Schrank. Alles wirkte zusammengeklaubt, kein Teil passte zum anderen. Aber es war sauber. Viel sauberer als in meiner Bude.

Neben einem der beiden Bettsofas lag ein Stapel Schulbücher. Und auf der Ablage Hefte, Papier, Stifte. An der Wand unter dem Kreuz klebte das Bild einer

Heiligen. Ich wusste nicht, wer das sein sollte. Über dem Bettsofa hing ein Foto. Es zeigte Isabel und mich. Die braunen Haare fielen mir ins Gesicht, zu dem Zeitpunkt waren sie etwas länger gewesen. Die große Nase stach hervor, der Mund breit vom Lachen. Sie neben mir, fast einen Kopf kleiner. Lachend, strahlend, glücklich, verliebt.

»Du hast es dir ein bisschen schöner vorgestellt«, sagte Isabels Mutter. Offenbar konnte man mir mein Entsetzen ansehen. Sie bot mir einen Stuhl an, schenkte mir ungefragt Kaffee ein und redete weiter, mit einem leichten Akzent, den ich bei Isabel nie gehört hatte.

»Vielleicht wäre es besser, Isabel hätte dir mehr erzählt. Aber sie hatte zu viel Angst.«

»Wovor? Dachte sie, ich kann nicht damit umgehen, dass …«

Ich wusste nicht einmal, was ich sagen wollte und wie.

»Dass wir arm sind? Dass wir so leben? Nein, das ist schlimm genug, aber es ist nicht das Problem.«

»Wenn ihr etwas braucht, ich könnte euch vielleicht helfen«, bot ich in meiner gut situierten Naivität an.

Eugenia schüttelte den Kopf.

»Was fehlt euch denn?«, fragte ich nach.

»Papiere.«

Sie erzählte mir ihre Geschichte:

Die Studentin aus Kolumbien, die ein Stipendium für ein Jahr Deutschland bekam.

Der deutsche Medizinstudent, in den sie sich verliebte.

Ein glückliches Jahr für beide.

Doch sie musste nach Hause. Dort erst stellte sie fest: Sie war schwanger.

Ich liebe dich, ich hole dich nach Deutschland, wir werden eine Familie. Das hatte sie sich als Reaktion erhofft.

Nein, sie konnte es ihm nicht am Telefon sagen, sie schrieb einen langen Brief. Damit er die Nachricht verdauen, damit er überlegen konnte.

Er überlegte. Und schickte Geld. Nicht für die Reise nach Deutschland. Sondern für die Abtreibung.

Ein Schock für Eugenia. So konnte ihre große Liebe nicht enden. Sie hatten doch die letzten Monate immer wieder gemeinsam überlegt, wie es mit ihnen weitergehen würde, wenn sie zurück nach Kolumbien musste. Hatte er nicht gesagt, er würde sie besuchen, er würde sie ganz nach Deutschland holen, wenn er erst fertig studiert hätte?

Eine Abtreibung kam für sie nicht infrage. Das wusste sie sofort.

Am liebsten hätte sie ihm sein Geld zurückgeschickt.

Aber sie behielt es. Für die Zukunft ihres Kindes.

»Ich komme aus einer armen Familie«, erzählte Eugenia. »Meine Eltern und Geschwister wollten mich unterstützen, aber sie konnten es kaum. Wir Kolumbianer lieben Kinder, wir tun alles für die Familie. Aber es gibt wenig Hilfe vom Staat, ein guter Kindergarten, eine gute Schule, das kostet alles viel Geld. Da dachte ich, wie schön doch mein Studienjahr in Deutschland gewesen war. Die Menschen waren ernster als bei uns, aber das Leben war auch nicht so chaotisch. Es herrschen nicht einzelne Clans, die die Menschen terrorisieren, sondern man hält sich an Recht und Gesetz.«

Ob sie das immer noch denkt, fragte ich mich, aber ich wollte sie nicht unterbrechen.

»Ich stellte mir immer wieder vor, wie es wäre, wenn ich Johannes wiedersehen würde. Manchmal glaubte ich, dass er mich immer noch liebte. Und dass er vor allem seine Tochter lieben würde, wenn er sie erst sehen könnte.«

»Haben Sie ... hast du ihm geschrieben?«

Sie schüttelte den Kopf.

»Ich war sehr naiv, ich wollte einfach aus Kolumbien weg.«

Als Isabel drei Jahre alt war, nahm sie das Geld, das Johannes ihr für die Abtreibung geschickt hatte, und flog damit nach Deutschland. Für ein neues Leben, mit ihm oder ohne ihn. Sie war sicher, ihre Tochter hätte hier eine bessere Zukunft als in Kolumbien.

Anfangs suchte sie nach dem Vater ihres Kindes. Doch in Bochum, wo sie sich kennengelernt hatten, war er nicht mehr. Sie fragte alte Bekannte aus ihrer Zeit als Studentin. Nur wenige waren noch hier, kaum einer wusste etwas über ihren Arzt. Ob ihr manche absichtlich keine Auskunft gaben? Möglich, auch wenn sie nicht so schlecht von ihren deutschen Freunden denken wollte. Endlich ein Tipp: Berlin. Eugenia machte sich mit Isabel auf den Weg.

Doch sie fanden ihn nicht. Das Geld ging zur Neige. Eigentlich sollte sie längst zurückreisen. Sie war doch offiziell nur als Touristin hier. Mit wem reden? Niemand war da, keiner, der ihr raten konnte. Sie wollte nicht zurück. Sie hatte doch allen vorgeschwärmt, dass es in Deutschland so viel besser sei. Sie hatte ihren Eltern und Geschwistern versprochen, dass sie Geld verdienen und ihnen etwas schicken würde.

Welche Chancen hatte sie noch in Kolumbien? Welche hatte ihr Kind? Es war eine Entscheidung, die über Nacht fiel: Wir bleiben. Isabel soll es besser haben. Das war vor fast fünfzehn Jahren.

Irgendwann gab sie die Suche nach Johannes auf. Sie und ihre Tochter würden es auch ohne ihn schaffen. Es ging jetzt einzig und allein um Isabel, um ihre Zukunft. Als Lehrerin konnte sie hier nicht arbeiten, sie war nicht gemeldet, sie gehörte nicht hierher, eine Frau ohne gültige Papiere. Das Leben war hart.

Sie putzte in Haushalten, lernte andere Menschen kennen, die unter ähnlichen Bedingungen lebten. Die wenig verdienten und doch noch Geld in die Heimat schickten. So wie sie. Die Fragen der Eltern nach ihrem Leben in Deutschland waren weniger geworden. Es ging ihr gut hier, das dachten alle. Sonst könnte sie doch nicht auch noch für die Verwandtschaft sorgen. Sie ließ sie in dem Glauben. Damit sie sich keine Sorgen machten.

»Ich habe ihnen nie gesagt, wie wir wirklich leben«, sagte Eugenia. »Ich habe mich so geschämt.«

Ich fühlte mich naiv und ahnungslos.

Eugenia und Isabel waren mittendrin in dieser Stadt und lebten doch versteckt.

Sie verhielten sich normal und unauffällig. Dabei waren sie täglich in Panik.

Ihnen fehlte das Wichtigste, was man hier braucht, um ein Mensch zu sein: der Ausweis, der Pass.

»Uns gibt es in diesem Land eigentlich gar nicht.«

Fast fünfzehn Jahre im Schatten leben. Wie hielt der Mensch das aus?

»Weiß Isabel, dass ihr Vater Deutscher ist?«

Sie nickte: »Aber noch nicht lange. Ich fand es nicht wichtig.«

»Aber sie könnte nach ihm suchen, ihn kennenlernen.«

Eugenia schüttelte den Kopf: »Sie möchte nichts mit ihm zu tun haben.«

»Weiß sie denn, dass er sie nicht haben wollte, dass er Geld geschickt hat für …«

»Ich habe es meiner Tochter nicht gesagt. Aber meine Mutter hat sich mal am Telefon verplappert. Und seitdem hasst Isabel ihn noch mehr. Weil er sie nicht wollte und mich unglücklich gemacht hat.«

»Danke, dass du mir alles erzählt hast«, sagte ich und stand auf. Ich wollte raus aus dieser Enge, dieser Dunkelheit.

»Bleib. Isabel wird gleich da sein.«

»Sie will mich doch gar nicht hier sehen.«

»Du weißt Bescheid. Dahinter kann man nicht mehr zurück.«

Sie hatte recht. Ich konnte nicht so tun, als hätte ich keine Ahnung.

Isabel blieb in der Tür stehen, als sie mich sah.

»Du spionierst mir nach.«

Ihre Mutter sprach Spanisch mit ihr, schnell, beschwichtigend.

Doch Isabel beruhigte sich nicht. Ihre Antworten waren laut, heftig.

Messerscharfe Sätze. Ich verstand nur Bruchstücke.

Eugenia nahm ihre Tochter in den Arm, redete auf sie ein.

Ich stand dabei wie ein Trottel. Was machte ich hier?

Später, als Eugenia zur Arbeit gegangen war, lagen Isabel und ich auf der Bettcouch. Ich sah hoch zu dem Foto, das uns beide zeigte. Lachend, glücklich. Ich hielt sie einfach fest. Wir redeten nicht.

Sie wollte nichts erzählen.

Ich war froh darüber.

Ich hatte ja noch nicht einmal das verdaut, was ich erfahren hatte.

6. Kapitel

Sein Vater möchte mitkommen. Aber Christoph glaubt sich stark genug, seine Aussage bei der Polizei alleine zu machen. Vielleicht ist es nicht klug. Aber es fühlt sich richtig an, die Eltern aus der Sache rauszuhalten.

»Du unterschätzt die Beamten«, warnt der Vater.

»Kannst du eigentlich die Aussage verweigern?«, fragt die Mutter.

»Verbau dir nicht deine Zukunft.« Der Vater.

Als der gegangen ist, setzt sich seine Mutter zu ihm.

»Du weißt, wo sie sind, nicht wahr?«

Christoph reagiert nicht. Sie steckt ihm ein paar Scheine zu.

»Sie werden es brauchen.«

Er lächelt. Zaghaft, aber auch erleichtert. Wenigstens ein Mensch, der zu ihm hält.

Die Polizeibeamten haben ihren Job gemacht.

»Du hast uns gestern nicht gesagt, dass du in der Wrangelstraße warst. Du wolltest zu Isabel Hernandez. Aber sie war schon weg.«

Verdammt. Sie haben es schnell rausgekriegt.

»War das vor oder nach dem Kino?« Es klingt sar-kastisch.

Sie werden ihm gar nichts mehr glauben.

»Danach. Ich habe mir Sorgen gemacht, weil ich nichts von ihr gehört habe.«

»Dann hast du ja von Frau Kröger sicher auch er-fahren, dass ihr Mann tot und Isabel verschwunden ist.«

»Damit ist aber auch klar, dass ich von ihrem Ver-schwinden nichts wusste. Sonst hätte ich Isabel kaum dort gesucht.«

Die Beamten wechseln einen Blick. Gutes Argu-ment von mir, findet Christoph.

»Bei unserem Gespräch hast du so getan, als wüss-test du gar nichts vom Tod des Hausmeisters.«

Mist. Auch wieder wahr.

»Ich stand unter Schock.«

»Weil du glaubst, deine Freundin hätte damit zu tun?«

»Weil ich nicht weiß, wo sie ist.«

Seine Hände zittern vor Nervosität. Er verschränkt die Arme, um es zu verbergen.

»Verdammt, ich mache mir wirklich Sorgen!«

Und das ist nicht einmal gelogen.

Die Beamten fangen von vorne an.

»Sie kam also zu Beginn des Jahres in deine Klasse.«

Christoph nickt.

»Und du hattest keine Ahnung, dass sie illegal hier lebt?«

Das wissen sie also auch schon.

»Wenn man in Deutschland zur Schule geht, kann das doch gar nicht sein, oder?«

Die beiden Beamten wechseln einen Blick.

»Du hast also nie mitbekommen, dass sie keine Papiere hat?«

»Ich habe nicht danach gefragt.«

Blöder Witz. Die Quittung bekommt er postwendend.

»Warum ist Isabels Nummer nicht in deinem Handy?«

»Sie hat kein Handy, soweit ich weiß.«

»Unsinn, du hast sie gelöscht, um ihre Spur zu verwischen.«

Christoph schweigt. Nur nicht zu viel sagen. Aber vielleicht ist das Schweigen an dieser Stelle falsch. Vielleicht ist es besser, den auskunftsbereiten Zeugen zu spielen.

»Wir hatten vor ein paar Tagen Krach. Ich war so wütend, dass ich alle ihre SMS gelöscht habe. Und ihre Handynummer gleich dazu.«

Die Beamten wechseln einen Blick.

»Aber du kannst die Nummer sicher auswendig.«

Er schüttelt den Kopf. Wirkt nicht glaubwürdig, geht aber nicht anders.

»Hat sie sich bei dir gemeldet seit gestern früh?«

Kopfschütteln.

»Und du weißt nicht, wo sie und ihre Mutter sein könnten?«

Kopfschütteln.

»Hat sie Verwandte oder Bekannte hier?«

»Sie hat mir niemanden vorgestellt. Ich kenne nur ein paar Leute aus ihrem Haus.«

»Wen genau?«

»Mehmet, dann einen Afrikaner, ich habe seinen Namen vergessen …«

Hat er natürlich nicht, aber Christoph fällt gerade siedend heiß ein, dass auch Adamu keine richtigen Papiere hat. Besser, er sagt nicht zu viel.

»Haben Isabel oder ihre Mutter Freunde in anderen deutschen Städten?«

»Nicht dass ich wüsste.«

»Anbindung an eine Kirchengemeinde?«

»Eugenia ist religiös«, sagt er. »Aber wo sie in die Kirche gegangen ist, das weiß ich nicht.«

Die Beamten machen eine kurze Pause. Holen sich Kaffee, bieten ihm auch einen an. Christoph nimmt ein Glas Wasser. Ihm wird heiß. Er will weg. Er weiß, dass das hier noch sehr ungemütlich werden kann.

»Kanntest du diesen Kröger?«

»Den Hausmeister? Vom Sehen.«

»Was weißt du über ihn?«

Christoph zögert. Isabel hat ihn gehasst. Aber kann

er das so sagen, ohne den Verdacht auf sie zu lenken? Lieber langsam machen.

»Er war ziemlich übel. Hat alle Hausbewohner schikaniert. Wer nicht nach seiner Pfeife getanzt hat, der musste sich eine neue Wohnung suchen.«

»Apropos Wohnung. Er hat diese Abstellkammer an deine Freundin und ihre Mutter vermietet. Hast du dich nie gewundert, dass sie sich nichts Besseres suchen?«

»Isabels Mutter verdiente wenig. Das wusste ich.«

Er setzt noch einmal nach, als er ihre zweifelnden Blicke sieht.

»Mit viel Geld hätten sie doch auch ohne Papiere eine schönere Wohnung bekommen, oder?«

Einer der Beamten mustert Christoph genauer. Längere Pause.

»Hat Kröger deine Freundin nur schikaniert oder auch belästigt?«

Christoph ist zunächst überrascht, dann aber verunsichert ihn die Frage sehr. Wie kommen sie auf diese Idee?

»Wer sagt denn so was?«

»Ein Hausbewohner hat das erzählt. Der Name tut nichts zur Sache.«

»Kröger war scharf auf jede, die nicht bei drei auf den Bäumen war«, antwortet er jetzt, sehr fest, denn dieses Mal sagt er die Wahrheit und das macht ihn sicher.

»Hat sie mit dir darüber gesprochen?«

»Natürlich. Er glotzte sie an, machte dumme Bemerkungen, ebenso wie bei allen anderen Frauen im Haus.«

Sie starren ihn an, sie wechseln einen Blick. Aber sie sagen nichts.

Christoph weiß, dass man ihm seine Nervosität ansieht, hektische Flecken auf den Wangen, auf der Stirn bilden sich erste Schweißperlen. Dabei möchte er so gerne abgeklärt wirken.

Die Beamten stellen sich so, dass sie ihn fast in die Zange nehmen, einer rechts, einer links. Der nettere beugt sich zu ihm.

»Warst du eifersüchtig?«

Christoph überlegt. Die Vernehmung geht in eine völlig neue Richtung! Nicht Isabel ist verdächtig, sondern offenbar er.

»Wollen Sie mir einen Mord anhängen?«

Die Beamten sehen ihn nicht an, keine Antwort auf seine Frage.

Christoph atmet ein – aus, ein – aus. Er merkt, dass er runterkommen muss, sein Herz hämmert wie blöd. Verdammter Kröger! Macht tot noch mehr Probleme als lebendig.

»Eifersucht ist ein häufiges Motiv.«

Christoph fährt herum und starrt den Bad Cop fassungslos an.

»Hast du ein Alibi?«

»Ich war zu Hause und habe geschlafen.«

»Woher willst du das wissen? Wir haben dir die Tatzeit doch noch gar nicht gesagt.«

Reingefallen. Nicht aufgepasst. Verdammt. Wie kommt er da raus?

»Es war doch nachts, oder?«

»Wie kommst du darauf?«

»Sie haben mich gefragt, wann ich Isabel das letzte Mal gesehen habe und da …«

Er stockt, er will sich nicht wieder verfransen.

»Wir fahren jetzt zur Schule«, sagt der nettere Beamte.

Aber Christoph weiß, er ist noch lange nicht aus der Sache raus. Er wundert sich, dass sie ihn jetzt, wo sie ihn fast erwischt hatten, wieder laufen lassen.

Katz und Maus, denkt er. Sie lassen mich nur los, damit sie noch ein bisschen mit mir spielen können. Sie wollen, dass ich sie zu Isabel und Eugenia führe.

7. Kapitel

Da muss doch was zu machen sein!

Das sagte ich, nachdem ich erfahren hatte, dass sie keine Papiere hatte.

Typisch deutsch, sagte Isabel. Machen, tun, schaffen.

Manchmal sagte sie noch: Du hast doch keine Ahnung.

Dann war ich richtig sauer.

Wie sollte ich Ahnung haben, wenn sie es mir so lange nicht erzählt hatte?

Aber hatte ich wirklich wissen wollen, was meine Freundin vor mir verbarg? Hätte ich nicht schon viel früher erfahren können, was sie bedrückte und bedrohte?

Vermutlich schon. Aber ich wollte vor allem schöne Tage mit ihr haben. Und schöne Nächte. Ich wollte sie, nicht ihre Probleme.

Egoistisch, okay. Aber auch ehrlich.

Wie schlimm es wirklich war, verstand ich erst, als ich mehr Geschichten über Menschen ohne Papiere hörte. Die Angst war ihr ständiger Begleiter, die Angst, erwischt und abgeschoben zu werden.

Isabel sprach immer noch nicht mit mir über dieses Problem, und sie hasste es, wenn ich darauf zu sprechen kam.

»Es ist mein Problem, mach es nicht zu deinem«, sagte sie, wenn sie bei mir war. Oder: »Ich will hier vergessen, was draußen ist.«

Doch ich wollte meine Freundin verstehen. Ihr helfen. Damit alles gut würde. Keine Probleme mehr, ein gemeinsames sorgloses Leben.

Ich stürzte mich in Aktivitäten. Christoph, der Retter der Ausweislosen.

Mein erster Vorschlag war reines Wunschdenken: Ihr müsst deutsche Staatsbürger werden. Damit ihr legal hier sein dürft.

Eugenia lächelte und nannte mich einen guten Jungen.

Isabel aber warnte mich: Ich könnte sie in Gefahr bringen, wenn ich das Thema aufmache gegenüber meinen Eltern, meinen Freunden, meinen Bekannten oder gar den Behörden. Allein die Frage: Wie wird man eigentlich Deutscher? Schon könnte jemand auf den Gedanken kommen, dass mit meiner Freundin und deren Mutter etwas nicht stimmt.

So weit hatte ich nicht gedacht.

Trotzdem versuchte ich es. Aber mein Vater, der Anwalt, wurde sofort misstrauisch: »Wie kommst du darauf?«

»Einfach so. Wir reden in der Schule drüber.«

Er schwieg, musterte mich argwöhnisch. Meine Mutter wechselte das Thema.

Wie ich es sonst hasste, wenn sie das tat. Streit unter den Teppich, neues Gespräch drauf, alles in Ordnung.

Jetzt war ich froh darum.

»Hast du mit ihm gesprochen?«, fragte mich Isabel, als sie das nächste Mal bei mir war.

»Nein, wieso?«

»Er sieht mich anders an.«

Und dann hatten wir Krach. Denn ihr war klar, dass ich meine Klappe nicht gehalten hatte. Die gute Absicht war ihr egal.

»Ich hab's gewusst. Du bist eine Gefahr für mich, für uns.«

Da Isabel so wenig über ihre Lage redete, besorgte ich mir Bücher, las Fallgeschichten im Internet. Von Menschen, die in einer Parallelwelt leben. Mitten in Deutschland.

Ich hatte gehofft, dadurch auf Schlupflöcher zu stoßen.

Ich wünschte mir Storys mit Happy End.

Aber ich fand sie nicht.

Trotzdem war es gut, diese Beispiele zu lesen.

Denn Isabel erzählte nichts von ihrer Angst.

Doch hier konnte ich sie in fast jeder Zeile erkennen.

Die Angst vor der Ausweiskontrolle.

Vor dem prüfenden Blick des Nachbarn.

Die Wut auf Vermieter, die überhöhte Mieten verlangten.

Auf Chefs, die nur zwei Euro die Stunde für harte Arbeit zahlten.

»Gehen Sie doch zur Polizei, wenn Ihnen das nicht passt.«

Sie konnten nicht gehen. Es wäre das Ende gewesen.

Immer auf dem Sprung.

Nie wirklich zu Hause.

Nie ganz ruhig schlafen.

Die Polizei kommt auch nachts.

Freunde und Bekannte waren auf einmal nicht mehr da.

Mussten zurück. Nach Burkina Faso. Nach Chile. Nach Weißrussland.

Vielleicht wurden sie nicht gleich umgebracht. Wurden »nur« bestraft. Kamen »nur« ins Gefängnis. Führten »nur« ein Leben unter menschenunwürdigen Bedingungen.

Sie wollten es alle gerne besser haben.

Deshalb waren sie nach Deutschland gekommen.

Ihren Familien regelmäßig Geld schicken.

Jetzt lebten sie in Deutschland. Wieder unter menschenunwürdigen Bedingungen.

Sie wollten einen Teil vom besseren Leben. Das war ihr Vergehen.

Sie bekamen ihn nicht. Vielmehr baute unser Wohlstand auf ihrer Notlage auf. Für wenig Geld schufteten sie auf Baustellen, in der Gastronomie, in Privathaushalten.

Sie waren da, aber irgendwie unsichtbar. Denn keiner redete darüber, dass es sie gab.

Es war eine Straftat, illegal in Deutschland zu sein. Bei den meisten Menschen ohne Papiere aber war es ihre einzige Straftat. Ansonsten waren sie gesetzestreuer als jeder ›Legale‹. Denn sie durften ja nicht auffallen. Kein Schwarzfahren, kein Ladendiebstahl. Brav sein, ducken, arbeiten. Es hatte etwas von Sklavenhaltung. Und alle schauten weg.

Eine halbe Million Menschen ohne Papiere, hieß es in einem Buch. Mindestens drei Mal so viele Personen, das las ich im Internet.

So viele Begriffe, die ich nicht verstand: Duldung, Rücknahmeersuchen, Übernahmezusicherung, Grenzübertrittsbescheinigung, Beantragung der Aufenthaltsgenehmigung, Härtefallantrag. Wie mochte es sein, wenn man neu in dieses Land kam und diese Worte über das eigene Schicksal entscheiden konnten, vielleicht sogar über Leben und Tod?

Wie gnadenlos dieses Leben war, das wurde mir klar, als Eugenia mir erzählte, warum sie ihren linken Arm nicht mehr so belasten konnte. Sie hatte ihn sich gebrochen bei einem Sturz, vor Jahren. Beim Einkaufen hatte sie auf dem Bürgersteig einen hervorstehenden Stein übersehen und war gestürzt. Passanten halfen ihr auf und riefen einen Krankenwagen. Sie hatten es gut gemeint. Eugenia aber nahm ihre ganze Kraft zusammen und machte sich aus dem Staub. Ob sie verrückt sei, rief ihr jemand nach. Undankbar, das Wort hörte sie auch noch. Dann war sie weg und hatte Einkäufe im Wert von fast 50 Euro zurückgelassen.

Eugenia hatte Angst vor den Rettern. Angst, dass sie sich eine Behandlung nicht leisten oder dass ein Mitarbeiter des Krankenhauses sie den Behörden melden könnte. Damals hatte sie sich an den Pfarrer der Kirche gewandt, in die sie sonntags zum Gottesdienst ging. Er kannte einen Arzt, der half. Ohne nach Papieren oder einer Krankenversicherung zu fragen.

Es war eine harte Zeit gewesen, erzählte Eugenia weiter. Sie wollte gerne arbeiten mit ihrem Gips, aber manche Menschen, bei denen sie putzte, waren dagegen. Entweder vermuteten sie, dass sie weniger oder schlechter arbeitete. Oder sie befürchteten, vor sich selbst wie Menschenschinder dazustehen. Das Geld fehlte natürlich. Eugenia nahm den Gips ab und legte eine harte Bandage an, die sie unter einem weiten Ärmel verbarg. Sie arbeitete mit Schmerzen. Der Arm heilte nie ganz aus.

»Wie habt ihr all das überstanden?«, fragte ich Eugenia und Isabel. »Die erste Zeit in diesem Land, die Kinderkrankheiten, Fieber, Durchfall, Zahnschmerzen, Bauchweh …«

»Manchmal hilft Gott, manchmal der Mensch«, sagte Eugenia. Isabel aber nahm meine Hand und zog mich aus der Wohnung: »Lass uns was unternehmen.«

Sie hasste das Thema.

Wir hatten immer öfter Stress miteinander.

Ich spürte jetzt, unter welchem Druck sie stand.

Ich sprach sie darauf an.

Doch sie sagte, sie wolle die gemeinsame Zeit nicht mit ihren Problemen kaputt machen.

»Ich bin dein Freund. Ich will alles mit dir teilen.«

»Bleib in deinem Leben und tu so, als ob du nichts merkst.«

»Das kann ich nicht.«

»Du konntest es doch die erste Zeit auch.«

Ich blickte überhaupt nicht mehr durch.

Der Vorwurf, ich hätte mich nicht für ihr Leben interessiert.

Jetzt der Vorwurf, ich würde mich zu viel einmischen.

Was denn nun?

Ich konnte ihre Verzweiflung hinter diesen Widersprüchen nicht erkennen.

Leben, ohne aufzufallen. Da sein, ohne gesehen zu werden. Arbeiten und dabei ausgebeutet werden. Jede Krankheit eine Katastrophe, jeder Polizist eine Gefahr, jede Kontrolle eine Falle. Andere Jugendliche machten sich einen Spaß daraus, zu provozieren und aufzufallen, Isabel blieb im Hintergrund. Ein Mensch ohne Papiere existiert nicht.

Nachdem meine Versuche, Isabels Lage zu verbessern, so kläglich gescheitert waren, wagte ich einen letzten und ziemlich mutigen Vorstoß: »Wir suchen deinen Vater.«

»Nein.«

»Er kann euch helfen.«

»Vergiss es.«

»Aber …«

»Ich – will – das – nicht.«

Sie sprach laut und klar, bemühte sich, ihre Anspannung vor mir zu verbergen.

»Der muss doch zu finden sein!«

Sie verdrehte genervt die Augen.

»Wir haben hier ein Meldesystem …«

»Das brauchst du mir nicht erzählen«, fauchte Isabel mich an.

Natürlich. Das wusste sie nur zu gut.

Ich redete mit Eugenia. Isabels Vater könnte sie doch wenigstens finanziell unterstützen. Er hatte Medizin studiert. Wenn er als Arzt arbeitete, war er vermutlich nicht ganz mittellos.

»Du willst uns helfen, ich weiß. Aber pass auf, dass du Isabel dabei nicht verlierst.«

Obwohl sie meinen Recherchen skeptisch gegenüberstand, sagte sie mir, was sie wusste.

Der Mann hieß Johannes Lehnert. Angeblich war er nach dem Studium nach Berlin gegangen.

Ich recherchierte im Internet. Kein Dr. Johannes Lehnert in Berlin.

Ich sah mir das Umland an. Nichts.

Andere große deutsche Städte. Erste Treffer.

Ich recherchierte weiter. Manche hatten Websites.

Zu alt, zu jung, einer schrieb, er habe in Tübingen studiert. Nicht Bochum.

Ich verbrachte Stunden und Tage damit. Wenn Isabel arbeitete.

Nach ihrer heftigen Reaktion hatte ich ihr verschwiegen, dass ich nach ihrem Vater suchte.

Ich wandte mich an einen Privatdetektiv.

Log ihn natürlich an. Sprach von meinem leiblichen Vater, den ich suchte.

Bat ihn um Hilfe, sagte ihm, was ich von Eugenia über diesen Mann wusste.

Er glaubte mir kein Wort, aber mit einer Vorauszahlung konnte ich ihn sogar davon überzeugen, dass ich schon volljährig war.

Es war das Geld, das ich für unseren ersten gemeinsamen Urlaub gespart hatte.

Aber Isabel und ich würden nie verreisen, solange sie eine Illegale war.

Viel zu riskant.

Wie der Typ es geschafft hatte, verriet er mir natürlich nicht.

»Berufsgeheimnis«, meinte er nur und grinste.

Dann erfuhr ich Name und Adresse.

Dr. Hajo Bruckner. Berlin. Internist. Praxis am Ludwigkirchplatz in Wilmersdorf.

»Er hat den Namen seiner Frau angenommen«, erklärte mir der Privatdetektiv.

Und seinen Vornamen Johannes ein bisschen umfrisiert.

Das konnte ich mir selber denken.

Ich ging mit undefinierbaren Bauchschmerzen zu ihm.

Als ich drankam, hatte ich Herzrasen.

Isabels Vater, das Schwein, das sie und Eugenia einfach aus seinem Leben geworfen hatte, indem er mit einer anderen Frau und einem neuen Namen eine Existenz aufbaute.

Hajo Bruckner sah gut aus. Anfang bis Mitte 40, sportlich, braun gebrannt, ein nettes Lachen, coole Sprüche.

Er tastete meinen Bauch ab, fragte nach der Schule,

was ich mal werden wollte. Erzählte sogar von sich selbst. Wie er auf die Idee gekommen war, Medizin zu studieren.

»Mein Vater war Verwaltungsbeamter, das kam mir so sinnlos vor.«

»Sie wollten also anderen Menschen helfen …«

Er überlegte kurz, dann nickte er: »Ja, ich war ein Idealist.«

Du bist ein Drecksack, dachte ich. Trotzdem war er mir irgendwie sympathisch. Obwohl ich wusste, was er getan hatte.

Natürlich fand er nichts. Mir tat auch nichts mehr weh.

Gestern hatte es wehgetan, erzählte ich. Sehr sogar. Hier und da.

Ich deutete in die Ecke, wo ich den Blinddarm vermutete.

»Soll ich dich krankschreiben?«

Er duzte mich von Anfang an. Ich glaube, es hätte ihn nicht einmal gestört, wenn ich zu ihm auch ›Du‹ gesagt hätte. Er sah mich an wie einen guten Kumpel. Auch das Zwinkern und die Idee, mir ein paar freie Tage durch Krankschreibung zu verschaffen … Klar, er dachte, ich wollte blaumachen.

Ich schüttelte den Kopf.

»Wenn du morgen wieder Schmerzen hast, komm gleich vorbei.«

Er drückte mir die Hand und lachte wieder.

Isabels Lachen.

»Ich habe ihn gefunden.«

Nur diese vier Worte, aber Isabel verstand sofort.

Zum zweiten Mal erlebte ich, wie sie vollkommen die Fassung verlor.

Sie schrie, sie tobte, sie räumte vor Wut mit einem Wisch ein ganzes Regalbrett bei mir ab. Bücher fielen zu Boden, eine kleine Tonfigur zerbrach.

Sie war eine andere. Das Gesicht verzerrt, die Augen sprühten Funken, sie brüllte mir ihre Vorwürfe ins Gesicht.

Wie ich dazu käme, mich in ihr Leben einzumischen.

Dass sie mich nicht darum gebeten habe, das Schwein zu suchen.

Dass sie ihn nicht kennenlernen wolle.

Selbst wenn er ihr helfen könnte.

Denn er wollte nicht, dass sie zur Welt kam.

Er hatte ihre Mutter im Stich gelassen und damit auch sie.

Er sollte in ihrem Leben keine Rolle spielen. Niemals.

Leider endete dieser Streit nicht so romantisch wie unser erster. Kein Kuss, keine Versöhnung. Sie nahm ihre Tasche, lief hinaus und knallte die Tür hinter sich zu.

Ein echter Kerl hätte sich anders verhalten. Sich mit einer Flasche Bier vor den Fernseher gehockt. Oder wäre mit Freunden durch die Kneipen gezogen. Vergiss sie. Oder: Die kommt wieder. Oder: Weiber ticken anders.

Ich war nie ein echter Kerl. Ich war der Verzeih-mir-ich-habe-es-gut-gemeint-Typ. Ich ging zu ihr, um mich zu entschuldigen. Sie öffnete zunächst nicht. Ich wollte nicht laut klopfen und rufen, es war schließlich schon Nacht.

Als sich Schritte vom Treppenhaus her näherten, versteckte ich mich im Kelleraufgang. Ich sah Kröger, wie er an Isabels Tür klopfte. Sie machte auch ihm nicht auf.

»Ich weiß, dass du da bist.«

Keine Antwort. Er klopfte heftiger. Horchte. Fluchte. Donnerte mit der Faust gegen die Tür.

Irgendwann gab er auf. Brummte nur noch »Blöde Schlampe«, dann torkelte er weg in Richtung Treppe.

Das war der Augenblick, in dem ich ihn gerne umgebracht hätte. Aber ich habe es nicht getan.

Ich war wütend, enttäuscht und müde zugleich. Warum warten? Isabel wollte nicht mit mir reden. Als ich durch den Hof hinaus auf die Straße trat, kam mir Eugenia entgegen. Sie wirkte erschöpft von ihrer Arbeit, aber sie ließ sich von mir noch zu einem Kaffee an der Ecke überreden.

»Isabel schläft bestimmt schon«, versuchte sie mich

zu trösten, als ich ihr erzählte, dass sie nicht aufgemacht hatte.

»So wie Kröger an die Tür gedonnert hat … das konnte sie nicht überhören!«, sagte ich. Eugenia wirkte beunruhigt, fragte noch einmal nach, ob Kröger denn gesagt hatte, was er wollte. Ich verschwieg die Beschimpfung, die er von sich gegeben hatte, bevor er verschwunden war.

»Hauptsache, sie hat nicht aufgemacht«, sagte Eugenia leise.

»Wirklich ein ekliger Typ«, bestätigte ich, dann war das Thema für mich erledigt. Denn eigentlich wollte ich doch von meinem Coup erzählen: »Ich weiß, wo Lehnert ist.«

Sie erstarrte. Ihr Schweigen verunsicherte mich. Ich war so stolz auf mich gewesen. Immerhin hatte ich den Mann gefunden, wegen dem sie vor vielen Jahren nach Deutschland gekommen war. »Willst du zu ihm?«, fragte ich Eugenia. »Ich habe die Adresse.«

»Ich muss erst verdauen«, sagte sie. Dann ging sie.

Frustriert fuhr ich nach Hause. Je mehr ich mich für Isabels Leben interessierte, je mehr ich mich einließ darauf, desto mehr entfernte sie sich von mir.

Ich hatte Angst, sie zu verlieren.

8. Kapitel

Die fragenden und besorgten Blicke der Eltern. Die skeptischen in der Schule. Sie alle sagen: Du weißt doch, wo sie ist, wo sie sich versteckt hält. Dir war doch klar, dass sie illegal hier ist. Auch die Polizei lässt nicht locker. Vielleicht schätzt er sich viel zu wichtig ein, aber er hat Angst, dass sie ihm folgen könnten, wenn er zu Eugenia und Isabel ins Waldhaus fährt.

Er hört Radio, einen lokalen Sender, aber sie bringen nicht mehr außer der kurzen Nachricht, dass ein Mann in Kreuzberg ermordet worden ist. Ebenso im Lokalfernsehen. Kein Hinweis auf zwei Frauen, die gesucht werden.

Er blättert Zeitungen durch, filzt die Lokalteile. Nur in einer wird der Mord an Kröger groß aufgemacht, es wird wild spekuliert, hier sind auch die beiden Frauen genannt, Isabel und Eugenia H. Ein Foto, auf dem sie verschwommen zu sehen sind. Niemand würde sie aufgrund dieses Fotos erkennen, wenn er ihnen auf der Straße begegnete, da ist Christoph sicher – und es erleichtert ihn.

Wer hat den Zeitungsleuten das Foto gegeben? Die Polizei vermutlich nicht, denn sie hätte in der Wohnung von Isabel und Eugenia bessere finden können. Isabel und Eugenia sitzen auf einer Bank, jede hat ein Getränk in der Hand, sie lächeln beide. Vielleicht ist das Foto bei einem Hausfest gemacht worden, dann hat einer von den Bewohnern es an die Zeitung gegeben. Aber wer macht so was? Kriegt man dafür Geld?

Er schickt Isabel eine SMS: Kann nicht kommen. Polizei. Alles klar bei euch?

Die Antwort sieht ähnlich aus. Sie schreibt, dass alles in Ordnung ist. Aber er weiß, dass sie lügt. Er schreibt ja auch nicht alles, was er weiß, hört, denkt. Er verbirgt seine Angst und Sorge, sie tut es auch.

Sein Vater verwickelt ihn in ein Gespräch über Recht und Gesetz. Über Ausländerpolitik. Über den großen Gesamtzusammenhang und die kleinen Schicksale. Und darüber, dass er sich strafbar macht, wenn er der Polizei etwas Wichtiges verschweigt.

Gerade noch wollte er ihn fragen, wie die Polizei vermutlich weiter vorgehen wird, doch nun weiß er, dass er besser den Mund hält, wenn er seinen Dad nicht noch misstrauischer machen möchte.

»Lass den Jungen«, mischt sich seine Mutter ein.

»Ich kann doch nicht zusehen, wie unser Sohn seine Zukunft riskiert wegen falsch verstandener Solidarität!«

»Es spricht für ihn, dass er seiner Freundin helfen will.« Das sagt die Heilpraktikerin.

»Sie ist in einen Mordfall verwickelt.« Das sagt der Anwalt.

»Wenn ich die Polizei richtig verstanden habe, ist dieser Hausmeister die Treppe runtergefallen.« Moms Stimme wird spitz.

»Nachdem ihn jemand geschlagen und gestoßen hat.«

»Die kleine Isabel soll den großen Mann verprügelt haben?« Mom lacht ungläubig.

»Wenn die Tatwaffe eine Art Holzprügel ist, wie vermutet, dann kann das jeder, auch du.«

»Du glaubst doch selbst nicht, dass Isabel die Mörderin ist!« Wieder Mom.

»Dann wird sie auch nicht verurteilt werden.« Das ist Dad.

»So naiv kannst du als Jurist gar nicht sein! Und selbst wenn sie nicht verurteilt wird, abgeschoben wird sie auf alle Fälle.«

Christoph hört sich die Diskussion seiner Eltern an, als ob sie ihn gar nichts anginge. Dabei geht es doch nur um ihn. Irgendwann rauscht seine Mutter ab und lässt die Tür laut ins Schloss fallen.

Er möchte nicht mit seinem Vater allein im Zimmer sitzen. Er steht auf.

»Möchtest du nicht wenigstens mir sagen, wo sie sind?«, fragt sein Dad und verstellt ihm den Weg. Christoph streift ihn nur kurz mit einem Blick, dann will er an ihm vorbei. Doch sein Vater ist hartnäckig: »Vielleicht kann ich ihnen helfen.«

»Du denkst doch, dass sie hier in Deutschland gar nichts verloren haben.«

»So schlicht sind meine Gedanken nun auch wieder nicht. Aber man muss sich schon an die Spielregeln und Gesetze des Landes halten, in dem man leben möchte.«

»Hättest du das 1940 auch gesagt?«

»Hör auf mit diesen polemischen Vergleichen!«

»Dann sag du mir, wie sie sich an die Gesetze eines Landes halten sollen, das ihnen noch nicht einmal einen Ausweis geben will!«

»Man kann eine Einbürgerung beantragen – unter bestimmten Umständen …«

»Verkauf mich nicht für dumm, Dad. Ich weiß genau, dass das nicht so einfach ist.«

»Wenn sie Verwandte hier hätten …«

Christoph denkt an Hajo Bruckner, einen kleinen Moment überlegt er, ob er seinem Vater davon erzählen soll. Dann aber lässt er es.

›Du fehlst mir‹, schreibt er in einer SMS. ›Ich vermisse dich und fühle mich so ohnmächtig, weil ich nicht mehr für euch tun kann.‹

›Schreib nicht so viel, wenn es gefährlich ist‹, mahnt sie ihn und nimmt ihre eigene Mahnung gar nicht ernst, indem sie eine Frage stellt, auf die er antworten muss: ›Was macht die Polizei?‹

›Sie befragen alle Hausbewohner und suchen euch als wichtige Zeugen.‹

›Gib's zu: Sie verdächtigen uns.‹

Er kann nicht einmal per SMS lügen.

»Da bist du ja ganz schön in die Scheiße getappt«, brummt Ben, als Christoph zur Schule kommt.

Er antwortet nicht.

»Ich hab mir gleich gedacht, dass mit der was nicht stimmt«, legt Ben nach.

»Mit ihr stimmt alles, sie hat nur keinen Ausweis«, antwortet Christoph.

Aber er weiß, es ist sinnlos zu argumentieren. Denn nun sieht er das Misstrauen in Bens Augen.

»Du hast es also gewusst?«

Christoph schüttelt nicht einmal den Kopf. Er hat keine Lust und keine Kraft mehr zu lügen.

Erst jetzt merkt Christoph, wie wenig er in die Welt von Isabel und Eugenia eingetaucht ist, obwohl er dachte, er sei ein Eingeweihter, ein Vertrauter. Er weiß, dass sie Freunde haben, die auch illegal in Deutschland leben. Aber er kennt kaum Namen, er weiß nicht, wo er sie treffen, woran er sie erkennen kann. Sind sie wirklich Freunde oder nur Leidensgenossen, können sie ihn überhaupt unterstützen, wenn er sie um Hilfe bittet? Muss nicht jeder von ihnen selbst sehen, wie er über die Runden kommt, ohne von der Polizei erwischt zu werden?

Er besucht den Pfarrer, in dessen Kirche Eugenia öfter zum Beten war. Aber selbst der sieht keine Möglichkeit, wie man den Frauen nun helfen kann.

»Es ist fatal, wenn die beiden mit einem Mord in Verbindung gebracht werden.«

»Aber sie sind unschuldig!«

»Davon möchte sich die Polizei sicherlich gerne selbst überzeugen – und deshalb wird sie die beiden auch mit allen Mitteln suchen.«

»Wo sie jetzt sind, können sie nicht ewig bleiben. Können die beiden vielleicht zu Ihnen … oder wissen Sie eine Möglichkeit?«

Der Pfarrer schüttelt bedauernd den Kopf.

»Alle wissen, dass ich Menschen ohne Papiere helfe. Wer untertauchen muss, kommt nie bei mir vorbei, vor lauter Angst, die Polizei könnte hier nach ihm suchen.«

Als Christoph das Pfarrhaus verlässt und auf seinen Roller steigt, hört er, wie ein Autofahrer hinter ihm seinen Wagen startet. Er sieht sich um. Doch der Mann fährt aus der Parklücke und verschwindet. Er fühlt sich ständig verfolgt. Er traut niemandem mehr.

Besser als je zuvor versteht er nun Eugenia, die bei jedem Menschen in Uniform zusammenzuckte, die in jedem Hausflur verschwand, wenn ein Polizeifahrzeug auch nur in der Nähe war, die jeden Ort mied, wo viele Ausländer waren und wo deshalb häufig kontrolliert wurde, die in jedem Bus, in jeder U-Bahn nahe an der Tür stand. Ruhig wirken, wachsam bleiben. Und das Tag und Nacht, viele Jahre lang. Er weiß nicht, ob er das geschafft hätte.

Dieser Mann ist seine letzte Hoffnung. Er ist unbescholten, wird von niemandem mit Eugenia und Isabel in Verbindung gebracht. Auch wenn er Isabels Vater ist. Das weiß keiner.

Er hat sich übel benommen, damals als Eugenia von ihm schwanger war. Er hat lieber die Tochter eines angesehenen Internisten geheiratet und ist mit in die Praxis eingestiegen, statt zu seiner Verantwortung zu stehen.

Aber jetzt hat er die Chance, etwas wiedergutzumachen. Christoph fand den Mann doch bei seinem ersten Besuch in der Praxis gar nicht unsympathisch. Vielleicht bereut er das, was er damals getan hat. Vielleicht ist er froh um die Gelegenheit, etwas für Isabel und Eugenia zu tun. Zum Beispiel helfen, eine neue Unterkunft für die beiden zu finden, denn ewig können sie nicht im Waldhaus bleiben. Manche Illegale haben falsche Papiere – vielleicht kann man welche für Isabel und Eugenia anfertigen lassen, wenn Bruckner ihm das Geld dazu gibt?

Christoph richtet es so ein, dass er der letzte Patient in Bruckners Praxis ist. Der Arzt guckt kurz in die Patientendatei, dann mustert er ihn aufmerksam.

»Wieder Bauchschmerzen?«

Christoph schüttelt den Kopf.

»Ich möchte Sie bitten, Eugenia und Isabel zu helfen.«

Der Arzt stutzt. Er hat's kapiert, denkt Christoph. Bruckner nimmt seinen Füller, spielt damit, will seine Unruhe kaschieren.

»Eugenia lebt illegal in Deutschland, seit fast fünfzehn Jahren – mit Isabel, die Ihre Tochter ist.«

Bruckner sieht ihn fassungslos an: »Ich habe eine Tochter?«

Christoph nickt: »Die beiden sind in Schwierigkeiten …«

Der Arzt sagt nichts, starrt nur vor sich hin. Christoph setzt nach.

»Eugenia hat damals Ihr Kind nicht abgetrieben, Herr Lehnert.«

Er muss seinen ganzen Mut zusammennehmen, um den Arzt mit seinem Geburtsnamen anzusprechen, den dieser mit der Heirat abgelegt hat. Um nicht gefunden zu werden?

Dass Bruckner nicht antwortet, verunsichert ihn.

Soll er ihm noch drohen, zum Beispiel, dass das eine Super-Geschichte für die Boulevardzeitungen wäre? Lieber nicht. Er will doch, dass Bruckner ihm hilft.

Auch von den Mordermittlungen sagt er noch nichts. Offenbar hat der Arzt nicht die Zeitung gelesen, in der das Foto von Isabel und Eugenia zu sehen war, in welcher ihre Vornamen abgedruckt waren.

»Wer hat dir das alles erzählt? Und woher willst du wissen, dass das alles so stimmt?«

Bruckner-Lehnert versucht, Zeit zu gewinnen.

»Ist es denn gelogen?«, fragt Christoph zurück. »Die Geschichte von der Freundin aus Kolumbien, die nach Hause flog und feststellte, dass sie schwanger war?«

Er war nie ein Held, auch kein Provokateur wie Ben, er hat zu Hause gelernt, dass man andere Menschen respektvoll behandelt. Es macht ihm Probleme, den Arzt so anzugehen. Er tut es für Isabel. Der Mann ist seine letzte Hoffnung. Wenn das nicht klappt, dann weiß er nicht, wie er Eugenia und Isabel noch helfen kann.

Das Schweigen dauert ewig. Zumindest kommt es Christoph so vor. Dann steht Bruckner auf und zieht seinen Kittel aus. Er nimmt das Telefon und wählt eine Nummer.

»Wen rufen Sie an?« Christoph wird unruhig. Doch Bruckner ignoriert ihn.

»Richten Sie meiner Frau bitte aus, dass es etwas später wird. Ein Notfall.«

Dann wendet er sich an Christoph.

»Bring mich zu ihnen.«

Der Blick Eugenias, als sie die Hütte betreten.

Sie steht auf, sie starrt diesen Mann an.

Sie sagt kein Wort.

Auch Bruckner sagt nichts.

Doch sein Blick verrät, wie sehr ihn diese Begegnung nach so vielen Jahren bewegt. Mehr als ihm lieb ist.

»Ich hatte keine Ahnung, dass ich eine Tochter habe. Und dass du in Deutschland bist«, sagt Bruckner.

»Du hast gewusst, dass ich dich immer suchen werde«, antwortet Eugenia.

»Ich war einige Jahre als Arzt im Ausland, in Spanien«, sagt Bruckner und lächelt schmal. »Du konntest mich gar nicht finden. Und als ich dann geheiratet habe …«

Eugenia weicht seinem Blick aus. Er sagt einige Worte auf Spanisch, die Christoph nicht versteht. Sie klingen nach Vertrautheit und Bedauern, nach Wehmut und ein bisschen sogar nach Reue, findet er.

Eugenia ist den Tränen nahe.

»Wo ist meine Tochter?«

»Sie hat sich oben hingelegt.«

Eugenia und Bruckner setzen sich an den Tisch, sie können die Augen nicht voneinander wenden. Christoph lässt sie allein. Er will hinauf zu Isabel, ihre Nähe spüren, ihr zuflüstern, wie sehr er sie liebt, sie schonend darauf vorbereiten, dass der unbekannte, aber verhasste Vater da ist.

Isabel schläft tatsächlich, eingemummelt in einen alten Schlafsack, der wohl irgendwo hier herumlag. Sie sieht blass und erschöpft aus. Christoph legt sich leise zu ihr, betrachtet sie, streicht ihr eine Haarsträhne aus dem Gesicht. Er spürt ihren Atem, greift nach ihrer Hand. Er will sie nicht wecken, aber ihr nahe sein. Er könnte ewig so liegen.

9. Kapitel

Als Isabel die Augen aufschlägt, blickt sie in Christophs Gesicht. Er ist ihr so nah, lächelt sie zaghaft an. Sie lächelt zurück.

»Gut, dass du da bist.«

Er nimmt sie in den Arm. Sie drückt ihr Gesicht an seine Schulter. Sie hört ihn sagen, dass er sie liebt, wie sehr er sie vermisst hat, dass er sie niemals im Stich lassen wird, dass alles gut wird.

»Die Polizei sucht uns noch?«

Isabel gibt sich keinen Illusionen hin.

»Sobald sie den Mörder von Kröger haben, werden sie damit aufhören.«

Isabel merkt, dass Christoph Zuversicht verbreiten will.

»Haben sie dich oft verhört?«

»Sie können mir nichts nachweisen.«

»Hilft dir jemand?« Sie spürt Christophs Zögern.

Setzt nach: »Was ist mit deinen Eltern, mit Ben und den anderen aus deiner Clique?«

»Mom hat mir Geld gegeben – für euch.«

Isabel möchte dankbar lächeln, aber es gelingt ihr nicht.

Sie schiebt ihre kalten Hände unter Christophs T-Shirt, sie spürt ihn erschauern, aber sie weiß auch, dass er diese Berührung genießt. Sie kann nachfühlen, wie sehr er sich nach ihr gesehnt hat. Denn auch wenn sie daran zweifelt, ob und wie er ihnen helfen kann, an seinen Gefühlen hat sie nie gezweifelt.

»In ein paar Monaten bin ich achtzehn und wir heiraten, dann kannst du hierbleiben«, verspricht er ihr, und sie möchte lieber nicht nachfragen, ob das wirklich so einfach geht. Sie braucht eine Hoffnung. Sie sind erst kurze Zeit hier und doch haben diese paar Tage in der Waldhütte sie zermürbt. Sie sieht aus dem Fenster, ob fremde Menschen in der Nähe sind, sie wagt sich kaum vor die Tür, sie liegt, versucht zu schlafen und spricht mit ihrer Mutter. Die Unsicherheit quält sie, verfolgt sie in ihre Träume, ebenso wie die Bilder des toten Hausmeisters.

Wie lange kann ein Mensch sich verstecken? Manche tun das jahrelang. Aber was macht es mit einem Menschen, wenn er nicht existieren darf?

Sie weiß es doch. Es war die ganzen Jahre so, dass sie eigentlich nicht da sein durfte. Zumindest nicht hier, in Deutschland. Sie lebten wie Schatten. Jetzt dürfen nicht einmal mehr ihre Schatten sichtbar sein.

Sie küsst Christoph, sie hält ihn fest. Sie hört seine tröstenden, zuversichtlichen Worte, er klingt so optimistisch, er gibt ihr Kraft. Wo nimmt er sie nur her? Auch für ihn müssen diese Tage doch die Hölle gewesen sein. Sie spürt, dass er einsam ist da draußen in der Welt. Niemand hält zu ihm, vielleicht noch seine Mutter. Doch auch ihr wäre es sicherlich lieber, wenn ihr Sohn sich nicht um dieses illegale Mädchen kümmern würde, denkt Isabel. Riskiert er nicht eine Anzeige, ein Gerichtsverfahren? Setzt er nicht seine Zukunft aufs Spiel – für sie und ihre Mutter?

Stimmen von unten. Ihre Mutter. Ein Mann.

Isabel löst sich von Christoph, sieht ihn fragend an.

»Wer ist da?«

»Ich habe jemanden mitgebracht, der euch helfen kann.«

»Wer?«

»Ihr braucht bald eine neue Unterkunft. Vielleicht hat er eine Idee.«

»Wer?«

Isabel spürt sein Zögern. Sie rückt weiter von Christoph ab.

»Wer ist es, Christoph?«

»Johannes Lehnert.«

Sie spürt die Wut in sich hochsteigen und die Enttäuschung. Christoph hat sich nicht an ihre Vereinbarung gehalten; ihre Gefühle, ihr Hass auf diesen Mann, das alles war ihm egal. Er hat einfach getan, was er selber für richtig hielt, ohne Rücksicht auf sie.

Die Verantwortung für uns ist ihm zu groß geworden, denkt sie, er will uns loswerden, die Last abwälzen. Sie weiß, dass sie ihm Unrecht tut, aber es fühlt sich gut an, diese Wut zuzulassen nach diesen Tagen der Vorsicht und Resignation.

Er redet weiter, und sie weiß, warum. Er will verhindern, dass sie ihm ihre Vorwürfe ins Gesicht schreit, er hofft, sie würde sich beruhigen, wenn er gut argumentiert.

»Er war lange in Spanien, er wusste doch gar nicht, dass er eine Tochter hat, gib ihm eine Chance …«

Isabel will es nicht hören, sie springt auf. »Du hast uns verraten.«

»Sei vernünftig. Wir brauchen ihn.«

»Nicht diesen Mann.«

»Aber er ist der Einzige …«

»Ich will ihn nicht sehen.«

Sie weiß nicht, was sie denken, fühlen soll. Sie weiß nur, dass sie hier wegmuss. Weg von Christoph. Und weg von diesem Mann, der da unten mit ihrer Mutter sitzt. Sofort! Sie zieht sich einen Pullover über, Strümpfe, Schuhe. Schubst Christoph weg, der sie beruhigen will.

»Was hast du vor?«

Sie antwortet ihm nicht. Als er nach ihrem Arm fasst, faucht sie ihn an.

»Lass mich los.«

Mit schnellen Schritten die Treppe hinunter. Da

sitzen sie. Eugenia, weinend. Daneben dieser Fremde, der angeblich ihr Vater ist.

Christoph kommt hinter ihr die Treppe herunter.

»Isabel, bitte, lass uns reden.«

Isabel möchte nicht reden. Nicht mit Christoph, nicht mit ihrer Mutter, schon gar nicht mit dem Fremden.

»Isabel …«, sagt dieser und versucht ein Lächeln.

Sie würdigt ihn keines Blickes, ebenso wenig wie Christoph, der an der Treppe steht. Isabel sieht noch, dass er den Mund aufmacht, sich einmischen will, aber sie lässt ihm keine Chance.

Sie rennt zur Tür, reißt sie auf und läuft hinaus.

»Isabel!«

Sie hört Christoph und ihre Mutter schreien. Aber sie weiß, dass die beiden sie nicht mehr sehen können. Die Nacht und der Wald haben sie verschluckt. Irgendwie wird sie auf die Hauptstraße kommen. Irgendwie nach Berlin. Ein paar Euro hat sie noch.

Sie fühlt sich von allen betrogen. Von Christoph, weil er diesen Mann mitgebracht hat. Von ihrer Mutter, weil sie mit diesem Typ spricht.

Sie braucht ihn nicht, sie will ihn nicht brauchen. Denn er hat sie nicht gewollt, sie kann nicht glauben, dass er ihnen jetzt helfen wird.

Vielleicht hat Christoph recht, denkt sie. Wenn der Tod des Hausmeisters geklärt ist, dann wird die Polizei auch die beiden illegalen Frauen vergessen, die im

Zusammenhang mit diesem Verbrechen gesucht wurden. Sie werden zwar nicht mehr in die Wrangelstraße zurückkehren können, aber ein neues Leben in einem anderen Berliner Kiez, das ist möglich. Sie hatten schon so viele Leben, wieso sollen sie nicht noch einmal von vorne anfangen?

Es gibt also noch eine Chance – auch ohne ihren Vater: Sie muss den Mörder Krögers finden, dann kehrt Ruhe ein. Wenn sie nur wüsste, wo sie suchen, wie sie vorgehen soll. Am besten redet sie mit Esra und Mehmet. Sie ist sicher, dass die beiden nicht die Polizei rufen werden.

Sie muss nach Kreuzberg, Esra morgen von der Schule abholen. Oder Mehmet vor seiner Arbeitsstelle abfangen. Sie weiß nicht, wie hier draußen die Busse fahren. Im Notfall geht sie eben zu Fuß bis Köpenick. Sie hat ja die ganze Nacht.

Wenn Mehmet oder Esra ihr helfen, das wäre zumindest ein Anfang. Aber sie weiß auch, dass sie vorsichtig sein muss. Nicht nur die Polizei, auch Christoph wird sie suchen. Er möchte sie bestimmt wieder ins Waldhaus zurückbringen. Er wird sicher nicht akzeptieren, dass sie sich an Mehmet wendet. Er war immer auf ihn eifersüchtig. Es stimmt, Mehmet mochte sie von Anfang an. Seit sie in dieses Haus gezogen sind. Und er hat sie immer vor Christoph gewarnt: »Er ist nicht für dich da, wenn du ihn brauchst.« Nun wird sich zeigen, ob Mehmet für sie da ist.

Sie überlegt, während sie durch den Wald läuft. Christoph wollte mit Leuten aus ihrem Haus reden, um etwas über Krögers Tod zu erfahren. Hat er das überhaupt getan? Oder hat er aufgegeben, nachdem ihn die Witwe dort erwischt hat? Hätte ihm überhaupt jemand etwas gesagt? Er ist doch ein Fremder in ihrer Welt. Es ist gut, dass sie die Dinge selbst in die Hand nimmt.

10. Kapitel

Natürlich ist er ihr nachgelaufen. Hinaus in die Finsternis. Er ruft nach ihr, er sucht sie, er hört es hier und dort knacken, aber er sieht nichts. Seine Augen gewöhnen sich nur langsam an die Finsternis. Seine Ohren sind unsicher, ob die Geräusche aus der einen oder anderen Ecke gekommen sind. Wohin ist sie gelaufen? Wenn er doch nur seinen Roller da hätte! Aber er ist mit Bruckner im Wagen gekommen.

Er überlegt zu lange. Er weiß es. Läuft planlos draußen herum. Ruft, hört aber dann auf, um die Nachbarn der umliegenden Ferienhäuser nicht aufmerksam zu machen. Bruckner und Eugenia suchen mit ihm. Der Arzt holt eine Taschenlampe aus dem Wagen, leuchtet umher. Aber es hilft alles nichts. Isabel ist verschwunden.

Christoph kommt sich vor wie ein Idiot. Er wird wütend auf Bruckner, und er weiß zugleich, dass er ungerecht ist. Er hat den Arzt angeschleppt, er wollte unbedingt, dass sich der Mann um Eugenia und ihre gemeinsame Tochter kümmert. Ihm war klar, dass Isabel nicht begeistert sein würde. Aber er hatte nicht damit gerechnet, dass sie so heftig reagiert.

Er kriegt das Bild nicht aus dem Kopf. Die Enttäuschung und Verzweiflung in ihrem Blick, als sie begreift, dass er Bruckner mit in die Waldhütte gebracht hat. Ihre Wut, die sie hinausschreit. Ihre Entschlossenheit zu verschwinden. Weg war sie.

»Hol mir meine Tochter zurück.« Eugenia klingt verzweifelt. Bruckner führt sie zurück in die Hütte. Christoph nimmt diese Aufforderung wörtlich. Er möchte Eugenia so nicht unter die Augen treten. Und er muss mit Isabel reden. Sie soll verstehen, warum er das getan hat. Sie soll ihm verzeihen, dass er gegen ihren Willen gehandelt hat, in guter Absicht, in der Hoffnung, ihnen helfen zu können. Sie soll sich nicht noch mehr in Gefahr bringen.

Die Tür zur Hütte steht offen, Bruckner und Eugenia rechnen offenbar damit, dass auch er aufgibt, dass er zurückkommt, mit ihnen beratschlagt, wie sie weiter vorgehen sollen. Aber er denkt nicht daran. Eine Sekunde zögert er noch, aber dann handelt er. Steigt in Bruckners Auto. Er hat gesehen, dass der Arzt den Schlüssel stecken gelassen hat – wer soll hier schon ein Auto klauen, mitten in der Wildnis. Er lässt den Wagen an und fährt los. Natürlich sieht er Bruckner noch aus der Hütte rennen, schreien, ihm nachlaufen. Egal. Er muss Isabel finden. Wenn sie den Weg zur Hauptstraße nimmt, dann hat er sie bald eingeholt.

Er kennt nur das Auto der Fahrschule und den

Kleinwagen seiner Mutter. Er darf offiziell gar nicht ohne Begleitung eines Erwachsenen fahren. Wen kümmert es?

Jetzt lenkt er einen großen BMW durch den Wald, jedes Schlagloch nimmt er mit, er starrt auf den schmalen Weg, aber auch in den Wald rechts und links, irgendwo hier muss Isabel sein. Doch er entdeckt sie nicht.

Als er die Straße erreicht, hält er kurz an und denkt nach. Wo will sie hin? Vermutlich nach Kreuzberg, in die Wrangelstraße. Dort sind ihre Freunde und Bekannten, dort könnte sie am ehesten Hilfe bekommen. Hilfe, die sie von ihm vielleicht nicht mehr annehmen wird. Er hat die Lage falsch eingeschätzt. Er hat Isabel falsch eingeschätzt.

Langsam fährt er weiter, die Landstraße entlang, nach Köpenick. Dort stellt er den Wagen ab. Steigt in die S-Bahn.

Am liebsten würde er nach Hause fahren, ein paar Stunden schlafen. Doch er fürchtet, dass seine Eltern ihn dann nicht mehr gehen lassen. Er aber will Isabel helfen, auch wenn sie seine Hilfe offenbar nicht mehr will.

11. Kapitel

Ich kannte mich aus in Berlin und wusste doch so wenig. Denn ich habe es gesehen und doch nicht gesehen. Es ist nicht Iran oder Irak, es ist nicht Burkina Faso oder Äthiopien, es ist nicht Chile oder Haiti, es ist einfach Luftlinie ein paar Kilometer von unserer Wohnung. Eine andere Welt. Sich in Kreuzberg mit der Clique die Nächte um die Ohren schlagen, das war mal ganz lustig oder spannend. Aber hinter die Fassaden haben wir nie geschaut. Schon gar nicht in die Hinterhöfe und Souterrain-Wohnungen, in denen Menschen wie Eugenia und Isabel lebten.

Ein altes Haus mit bröckelndem Putz.

Eine Haustür, die man nicht oder nicht mehr gut verschließen kann. Warum auch? Hier gab es nicht viel zu stehlen.

Ein Lichtschalter, den man nicht berühren sollte, weil die Leitung offen lag, weil man sich einen Stromschlag holen konnte. Mäuse, die schnell weghuschten, wenn doch einmal jemand Licht machen sollte. Der kalte, unebene Steinfußboden, die ausgetretenen Holztreppen mit dem wackligen Geländer.

Die Briefkästen weitgehend ohne Namen, manche verbeult oder aufgebrochen. Einige voller Werbematerial, andere zugeklebt, sodass keiner mehr etwas hineinwerfen konnte.

Ein Fahrrad an der Wand, das niemand mitnehmen würde, so alt war es. Auch der Kinderwagen ein Modell, das längst nicht mehr geläufig war.

Gerüche, bekannte und unbekannte. Gewürze wie Knoblauch und Kreuzkümmel, aber auch Staub, der mich niesen ließ. Dann beißender Uringeruch. Ich atmete flacher.

Kindergeschrei von oben.

Erwachsene, die sich anbrüllten.

Musik, die ich niemals freiwillig hören würde. Hier Schlager, dort orientalische Klänge.

Als ich das erste Mal hier gewesen war, da hatte ich das alles nicht so wahrgenommen. Damals wollte ich mehr über Isabel erfahren, über ihre Familie. Die Lebensumstände waren zweitrangig.

Ich war nicht oft in diesem Haus, aber bei den nächsten Besuchen fielen mir immer andere und neue Dinge auf. Immer mehr wurde mir bewusst, dass dies eine fremde Welt war. Ich habe sie gesehen und doch nicht gesehen.

»Komm doch mit«, hatte Eugenia gesagt, als ein Fest bei der Familie von Esra und Mehmet stattfand. Isabel sah nicht so aus, als wollte sie mich wirklich dabei haben. Aber ich hoffte auf eine Gelegenheit, ihre Welt besser kennenzulernen, sie zu verstehen, so sehr Teil ihres Lebens zu werden, wie sie inzwischen Teil meines Lebens geworden war.

Esra war so alt wie Isabel. Ihre halblangen Haare waren schwarz, ihre dunklen Augen waren anders dunkel als die von Isabel, sie war größer und kräftiger als meine Freundin, ein 16-jähriges Mädchen, das gerne lachte. In ihrer Gegenwart erlebte ich selbst Isabel heiterer und lockerer. Esras Lachen und ihre Sorglosigkeit wirkten ansteckend, auch auf mich, der ich inzwischen von Isabel die Eigenart übernommen hatte, immer und überall Schwierigkeiten zu vermuten und in jedem Menschen einen möglichen Verräter zu sehen. Das türkische Mädchen nahm das Leben leichter als Isabel, das tat gut.

Bei dem Fest ihrer Familie sah ich, wie Isabel mit Esra Bauchtanz übte, wie sie sich lachend in den Armen lagen. Ich bemerkte aber auch, wie der zwei Jahre ältere Mehmet meine Freundin ansah. Eifersucht stieg in mir hoch. Entsprechend versuchte ich, meine Position klarzumachen.

»Komm, wir tanzen auch«, sagte ich zu Isabel, als sie sich nach dem Bauchtanz setzen wollte.

Isabel schüttelte den Kopf. »Ich muss mich erst ein bisschen ausruhen.«

»Ich will aber tanzen!«

Nie zuvor hatte ich mich so fordernd verhalten. Ich kehrte den Macho raus, weil ich in Mehmet Konkurrenz vermutete.

»Ich tanze mit dir«, sagte Esra, nahm mich bei der Hand und zog mich auf die kleine freie Fläche in der Mitte des Zimmers. Ihre Eltern und Eugenia sowie ein paar weitere Hausbewohner saßen am Tisch, der voll war mit dem, was Mehmets Mutter aufgetragen hatte.

Eher widerstrebend tanzte ich mit Esra, ich wollte nicht ablehnen, es hätte sie gekränkt, vielleicht auch unsere Gastgeber beleidigt. Ich hatte keine Ahnung, wie man sich in so einer Situation verhielt.

Esra verwickelte mich in ein Gespräch, erzählte mir, dass sie gerne Einzelhandelskauffrau werden wollte, dass Isabel ihr half, die Bewerbungen zu schreiben, dass sie fast schon eine Stelle in Aussicht hatte, bei einem Import-Export-Händler, aber ehrlich gesagt wollte sie lieber woandershin, der Mann hatte sie angesehen, als ob er in ihr schon seine künftige Ehefrau vermutete, das war nun nicht ganz das, was sie sich für ihr Leben wünschte.

Esra lachte laut, und ich sah verunsichert auf ihre Eltern, ob es denn in Ordnung war, mit ihrer Tochter zu tanzen. Durfte ich den Arm um sie legen? Sie an mich ziehen bei jeder Drehung? Eigentlich wusste ich gar nichts über diese Menschen, ob sie streng oder liberal waren, ob ich nun etwas richtig oder falsch machte. Noch nie war ich bei einer türkischen Familie zu Gast gewesen.

Als ich meinen Blick Isabel zuwandte, zuckte ich unwillkürlich zusammen. Mehmet stand vor ihr, nahm ihre Hand. Sie stand auf, ging auf die winzige Tanzfläche, die mit Esra und mir eigentlich schon voll genug war, und sie tanzte mit ihm. Ich sah den triumphierenden Blick meines Widersachers, das scheue Lächeln meiner Freundin. Ich fühlte Wut, ich, der nette, beherrschte, immer lockere, immer coole Christoph. Gerne hätte ich mich mit Mehmet geprügelt. Aber es war lächerlich, sagte mein Kopf. Unhöflich auch, schließlich war ich hier zu Gast. Und außerdem hätte ich sowieso verloren, er war stark, sportlich, durchtrainiert und größer als ich.

Also brachte ich wohl oder übel den Tanz mit Esra zu Ende und setzte mich dann mit ihr, ließ mir von ihrem Vater etwas Raki einschenken und merkte, dass hier eigentlich niemand wirklich etwas mit mir anfangen konnte. Ich war ein Fremder in ihrer Welt und ich verhielt mich auch so. Isabel wusste schon, warum sie mich bei solchen Gelegenheiten nicht dabeihaben wollte.

Ich sah mir die anderen Gäste an, Isabel hatte mir ein bisschen etwas über sie erzählt, weil ich nicht aufhörte zu fragen. Die Familie von Mehmet und Esra war in der dritten Generation in Deutschland, alle konnten gut Deutsch, sprachen aber zu Hause Türkisch, galten als assimiliert. Doch der Vater verdiente nicht genug, um eine andere Wohnung zu finanzieren. Seine Frau hatte ein Problem mit den Bandscheiben und deshalb aufgehört zu putzen, Mehmet war in der Ausbildung und Esra bald mit der Schule fertig.

»Wir sind mehr arm als türkisch«, sagte Mehmets Vater und lachte.

Mehmet lachte nicht. Er werde, wenn er mit der Ausbildung zum Mechatroniker fertig sei, sein eigenes Geschäft aufmachen, alle könnten dort arbeiten, Esra und die Mutter im Büro, er würde reparieren und sein Vater verkaufen. Dann würden sie auch alle zusammen in ein schöneres Haus ziehen. Der Familienbetrieb sei das beste Erfolgsmodell, nur die Deutschen hätten das nicht kapiert, weil ihnen Familie nicht wichtig sei.

»Mein Sohn will mehr türkisch als arm sein«, sagte Mehmets Vater nun und lachte wieder.

Adamu lachte auch, seine weißen Zähne blitzten, seine Augen funkelten. Ja, es klingt wie Klischee, aber genau so sah das aus, wenn der dunkle Mann aus Uganda, der oft so schweigsam war, aus sich herausging, wenn er sprach oder auch sang, wenn er für einen Moment vergessen konnte, dass er in diesem Land als Asylbewerber abgelehnt worden war, dass er untertauchen musste, wenn er nicht abgeschoben werden wollte in eine Heimat, die schon längst nicht mehr seine Heimat war.

Adamu erzählte nicht viel über die Zeit, bevor er nach Deutschland gekommen war. Isabel sagte mir irgendwann, dass er Kindersoldat gewesen war, dass er viel Schlimmes erlebt hatte, vielleicht auch selbst Menschen auf dem Gewissen hatte. Er war geflohen, hatte sich durchgeschlagen, war endlich im Land seiner Hoffnung angekommen, doch sie glaubten ihm nicht. Wie ließ sich beweisen, dass er schon als Kind gezwungen worden war, in einem fatalen Bürgerkrieg auf andere Menschen zu schießen? Warum waren die Zeichen von Folter an seinem Körper, die Brandnarben von Zigaretten an seinen Armen nicht Beweis genug dafür, dass er in seiner Heimat einer großen Gefahr ausgesetzt war?

»Wir sind zu viele, die hier leben möchten«, sagte Adamu. »Und ihr wollt, dass euer Land so bleibt, wie es ist.«

Von mir ließ sich Isabel nicht helfen, aber Adamu hatte ihr den Job als Küchenhilfe in der Bergmannstraße besorgt, und er achtete auch darauf, dass sie dort in der Küche gut behandelt wurde. Der Restaurantbesitzer hatte Isabel mit zwei Euro die Stunde abspeisen wollen, aber Adamu hatte nur den Kopf geschüttelt.

»Das Doppelte.«

»Du willst mich ruinieren.«

»Armer deutscher Mann.«

»Noch ein dummes Wort und du fliegst raus.«

Adamu hatte den Mund gehalten, war mit dem Zeigefinger über die Narben an seinem Unterarm gefahren und hatte dann weitergearbeitet.

So hatte Isabel es mir erzählt. Für sie war Adamu ein Held.

Nachdem sie und Mehmet aufgehört hatten zu tanzen, dachte ich, meine Zeit wäre gekommen. Aber Isabel ging auf Adamu zu, zog ihn an der Hand hoch, und wir staunten darüber, wie elegant und cool es aussah, wenn dieser große, kräftige Mann tanzte. Isabel versuchte, einige seiner Bewegungen nachzuahmen, aber es gelang ihr nicht ganz. Sie lachte, Adamu zeigte ihr, wie man in seinem Land tanzte, er begann zu singen, er nahm ein Holzbrettchen vom Tisch und schlug mit einem Messer dagegen. Für diese wenigen Minuten war Adamu Musiker. Nicht Soldat, nicht Geschirrspüler. Aber im Land seiner Träume war für seine Träume kein Platz.

Wer nicht legal in Deutschland lebt, kann auch nicht legal arbeiten. Das hatte ich inzwischen gelernt. Er ist nicht krankenversichert, er bekommt keine Sozialleistungen, kein Arbeitslosengeld, nichts. Er kann auch nicht betteln oder Musik machen, denn wer das tut, fällt der Polizei auf und kommt in Abschiebehaft. Er sollte nicht zu oft seine Sprache auf offener Straße sprechen und er sollte möglichst deutsch und assimiliert aussehen.

Wer nicht legal in Deutschland lebt, hat keine Rechte. Wenn der Restaurantbesitzer Isabel oder Adamu kein Geld gab, konnten sie es nicht einklagen, ihn nicht anzeigen, sich nirgends beschweren.

»In Afrika war ich verfolgter Mensch, hier bin ich geduldeter Sklave«, sagte Adamu. Aber er blieb. Denn einmal aus der Heimat geflohen, war eine Rückkehr fast unmöglich.

Tatjana war neu in der Runde bei Mehmets Eltern. Sie hatte Blinis mitgebracht, tauschte mit Mehmets Mutter Rezepte, erzählte von der Weihnachtsbäckerei ihrer Oma. Sie kam aus Georgien, war noch keine Illegale, aber sie stand kurz davor. Sie hatte eine Stelle als Au-pair-Mädchen bei einer Berliner Familie, aber die Zeit war bald zu Ende. Tatjana war klug genug, sich vorher eine neue Wohnung zu suchen, da jetzt mit der Aufenthaltsgenehmigung noch alles in Ordnung war. Auch war sie bereits auf der Suche nach einem neuen Job.

»Und nach einem deutschen Mann«, sagte sie völlig offen. »Wenn ihr einen netten kennt, der zu haben ist – bitte Bescheid sagen. Ich will hierbleiben.« Alle Gäste des Festes versprachen, sich nach einem ordentlichen deutschen Mann für Tatjana umzusehen. Sie zwinkerte mir zu.

»Ich weiß, du bist vergeben. Aber vielleicht hast du einen größeren Bruder oder Cousin?«

»Wie wär's mit Ben?«, fragte mich Isabel im Scherz.

»Dann eher Bens Vater«, antwortete ich. »Den hat gerade seine Frau verlassen.«

»Ich bin eine gute Trösterin«, versprach Tatjana. »Aber nur, wenn er mich heiratet.«

Alle lachten und doch wussten wir, dass es nicht nur lustig gemeint war. Es ging ums Überleben, um die Legalität.

Viele hielten sich bedeckt, rückten mit ihrer Geschichte nicht so schnell heraus. Wenig erfuhr ich zum Beispiel von der Familie aus dem Irak, die nur kurze Zeit im Haus blieb und dann weiterzog. Oder von dem Schicksal der Familie aus dem Kosovo, die während des Krieges gekommen war, sich in Deutschland wohlfühlte. Nun sollte ein Teil der Familie wieder nach Hause.

»Wo ist ›nach Hause‹?«, sagte Isabel, nachdem sie mir einige Geschichten über die anderen Menschen in der Wrangelstraße erzählt hatte. »Ihre Häuser stehen nicht mehr, ihre Dörfer sind zerstört, ihre Verwandten tot oder in alle Winde verstreut, ihre Kinder gehen hier zur Schule wie ich … ihr Zuhause ist hier, genau wie meines.«

Bei dem Fest gab es dazu viele Meinungen.

»Ich will hier zu Hause sein«, sagte Adamu.

»Ich bleibe auf alle Fälle«, meinte Tatjana.

»Ich bin Deutscher und Türke«, behauptete Mehmet.

»Ich liebe meine Heimat, aber ich möchte nicht zurück«, sagte Eugenia, und in dem Moment spürte ich ihre Zerrissenheit.

»Was vermisst du besonders?«

»Meine Eltern, meine Geschwister …«

»Aber du telefonierst mit ihnen, du schickst ihnen Geld!«

»Ich will sie umarmen, küssen, mit ihnen lachen und tanzen, mit ihnen weinen und alles erzählen, was uns bewegt.«

Adamu nickte zu ihren Worten. Einen Moment schwiegen wir.

»Deutschland ist manchmal kalt«, sagte sie leise. »Und die Menschen sind sehr ernst.«

»Das bist du auch.«

»Früher war das anders.«

Eugenia verließ das Fest etwas früher, sie war müde. Isabel erzählte, warum ihre Mutter so bedrückt war. Eine Freundin von ihr war geschnappt worden, in der Nähe des Ostbahnhofs. Ein Mann hatte sie angepöbelt, weil sie ›so südländisch aussehe‹. Die Polizei war ihr eigentlich zu Hilfe geeilt, hatte sie vor dem Betrunkenen beschützt, wollte dann aber doch einen Ausweis sehen. Sie hatte keinen.

»Je mehr ich lese und höre, desto wütender werde ich«, sagte ich.

Adamu nickte, das Gefühl kannte er offenbar. Aber Isabel blockte sofort ab.

»Das ist mein Leben, ich habe kein anderes, ich bekomme kein anderes«, gab sie zurück. »Auch nicht, wenn wir andauernd jammern, wie schlimm es hier ist. Wir bleiben, weil es uns in Kolumbien noch schlechter gehen würde. Also müssen wir die Spielregeln akzeptieren.«

Ich mochte diese Resignation nicht an ihr. Ich wollte kämpfen. Sie musterte mich mit einem spöttischen Lächeln.

»Erzähl du mir nicht, wie kämpfen geht. Ich kämpfe in Deutschland ums Überleben, seit ich hier bin. Jetzt bin ich siebzehn Jahre alt und müde wie eine alte Schildkröte.«

Esra kicherte über den Vergleich, dann machte sie eine Schildkröte nach. Die Ernsthaftigkeit verflog und wir waren wieder Gäste auf einem lustigen Fest.

Irgendwann tauchte Horst auf. Mit einer Flasche Bier in der rechten Hand. Den linken Arm legte er gleich um mich. Schließlich war ich der einzige Gast, der die Lebensgeschichte des früheren Lkw-Fahrers noch nicht kannte. »Eine Flasche Bier zu viel. Erwischt. Führerschein weg. Job weg. Kein Geld. Dann Wohnung weg, Frau weg. Jetzt bin ich hier.«

Er meinte seine Bude in der Wrangelstraße.

Unwillkürlich sah ich auf die Bierflasche, die Horst in der Hand hielt, sicher nicht sein erstes Bier an diesem Tag. Horst bemerkte den Blick und grinste.

»Mein einziger Freund, alle anderen sind fort.«

»Wir sind deine Freunde«, sagte Adamu, aber Horst reagierte nicht darauf. Er zog mich in eine Ecke, wo er glaubte, die anderen würden uns nicht zuhören.

»Mensch, Junge, du gehörst doch gar nicht hierher«, hauchte er mir zu, und ich hielt die Luft an, weil ich seinen Atem kaum ertragen konnte.

Ich wollte vehement widersprechen, aber er lachte nur.

»Ja ja, ich weiß, die Liebe. Ich sag dir: Nimm sie mit, deine Liebe. Die Mutter vielleicht noch dazu. Aber alle anderen ...«

Er machte eine abfällige Handbewegung.

»Du kannst die Welt nicht retten. Nett, dass du es versuchst. Aber lass die Träume, werde endlich erwachsen.«

Dann holte er Musik, wie er sie mochte, nötigte Mehmets Eltern, deutsche Schlager aufzulegen, und drehte die Anlage auf.

»Ich hab die Liebe gesehen, beim ersten Blick in deine Augen ...«

128

Kröger stand so plötzlich in der Tür, dass wir alle erschraken. Mehmet schaltete die Musik aus, alle blieben erstarrt auf ihrem Platz sitzen oder stehen. Es war totenstill.

»Wenn hier nicht sofort Ruhe ist …«, sagte er nur.

Mit Krögers Auftauchen war die Party beendet. Alle hatten sie Angst vor ihm, vor seinen Wutanfällen, vor seinen Drohungen und Beschimpfungen.

Isabel half noch schnell aufräumen, Horst zog mich aus der Wohnung, er selbst lebte gegenüber, auf derselben Etage.

»Junge, nimm dich in Acht vor Kröger. Besser, du tauchst nicht zu oft hier auf«, flüsterte er mir ins Ohr, während ich die Luft anhielt.

Die Warnung vor Kröger hörte ich von allen Seiten. Ich sah den Hausverwalter selten, und wenn wir uns mal im Hof oder im Flur über den Weg liefen, dann ignorierte er mich. Meist trug er Schlappen, bis weit in den Herbst hinein eine kurze Hose, ein Nylonhemd umspannte seinen Bauch, und da er stark schwitzte, war es nicht sehr angenehm, nahe an ihm vorbeizugehen. Fast immer hatte er einen Zigarillo im Mundwinkel und diese Mischung aus Schweiß und Tabak zog sich durchs Haus wie eine stille Drohung.

Selten sah man ihn mit Werkzeug, erzählte mir Adamu. Meistens trug er nur sein Messer im Gürtel.

Kröger wohnte mit seiner Frau im zweiten Stock. Laute Menschen, die deutlich machten, dass sie hier das Sagen hatten.

»Der könnte auch ein Lager leiten«, sagte Tatjana.

»Er ist der Hausmeister und Verwalter, aber alle anderen arbeiten, außer ihm«, erzählte Horst, als er mich das nächste Mal traf. »Mehmet macht das Elektrische im Haus, soweit man das noch reparieren kann, Adamu muss für Kröger Holz hochschleppen, Tatjana putzt die Treppe, dafür hat sie die Wohnung bekommen und nicht die zwei Dutzend anderer Bewerber. Ich gehe für ihn Bier kaufen, dabei kann ich meins ja kaum noch tragen.«

Horst nahm einen kräftigen Schluck.

»Bin ich froh, dass er Eugenia und Isabel verschont«, sagte ich.

Natürlich bemerkte ich Horsts seltsamen Blick, aber ich schob es auf das Bier. Manchmal verschwammen seine blauen Augen einfach vor lauter Alkohol.

»Junge, du gehörst hier nicht her«, brummte er wieder einmal und trank seine Flasche leer.

Das war kurz bevor der Hausmeister starb.

Isabel sprach nie über Kröger. Sie blendete ihn offenbar aus. Eugenia aber erzählte mir, dass er ihnen damals sehr geholfen hatte, als sie aus der alten Wohnung wegmussten, weil ein Nachbar gedroht hatte, die Polizei einzuschalten.

»Er hat uns sofort die Wohnung im Erdgeschoss gegeben«, sagte sie.

»Es ist eine Abstellkammer«, korrigierte ich.

»Es ist besser als nichts.«

Sie sah mir an, dass ich anders darüber dachte.

»Wir konnten nicht auf der Straße bleiben, nicht eine Nacht, denn die erste Polizeistreife wäre auf uns aufmerksam geworden.«

»Trotzdem: Dass er für diese Kammer auch noch Geld nimmt …«

»Wir haben schon schlechter gewohnt.«

Das konnte ich mir kaum vorstellen.

Tatjana schilderte mir einmal, was sie über Kröger und seine Funktion in dem Haus aufgeschnappt hatte.

Ein Geschäftsmann aus Frankfurt hatte dieses Haus überraschend von einem alten Onkel geerbt. Er hatte überhaupt keine Lust, sich darum zu kümmern, geschweige denn zu renovieren oder zu sanieren. Kröger bot ihm damals an, die Verwaltung zu übernehmen. Und möglichst viel Geld aus der Bruchbude herauszuholen.

Dafür ließ ihm der Besitzer freie Hand. Dass Kröger auch ein bisschen in die eigene Tasche wirtschaftete, konnte der Erbe sich denken, meinte Tatjana.

»Aber er macht die Drecksarbeit für den Besitzer und wir machen die Drecksarbeit für ihn«, sagte sie und wischte weiter die Treppe.

12. Kapitel

Der Weg in die Stadt dauert ewig. Isabel ist eingenickt im Bus, und als sie jetzt die Augen aufschlägt, da ist es richtig hell, die Sonne scheint. Sie sieht, dass sie der Busfahrer über den Rückspiegel mustert. Sie steigt aus, nimmt den nächsten Bus. In ihrer Jackentasche findet sie eine Haarklammer und die Sonnenbrille. Sie steckt die Haare hoch, setzt ihre Brille auf. So, nun sieht sie anders aus als auf jedem Foto, das die Polizei von ihr in der Wohnung gefunden haben kann. Vielleicht hilft das ein bisschen, für den Fall, dass sie nach Eugenia und ihr fahnden. Isabel fühlt sich nicht wohl. Sie riecht etwas muffig, nach der Feuchtigkeit des Waldhauses, nach dem Schlafsack, nach der Nacht. Sie hätte sich gerne gewaschen. Aber wo und wie?

Eigentlich ist dafür auch keine Zeit. Sie muss handeln. Sie will handeln. Ohne ihre Mutter, die sie nicht gefährden möchte. Ohne Christoph, dem sie nicht mehr vertraut.

Sie weiß, wie es ist, wenn man sich auf niemanden verlassen kann. Im Laufe der Jahre hat Isabel ihre eigene Strategie entwickelt, in Deutschland zu überleben. Sie ist der unsichtbarste Mensch dieser Welt. Dachte sie jedenfalls. Sie hat als Kind leise gespielt, nichts kaputt geschlagen, keinen Krach gemacht, sie war wenig draußen, hatte selten Freunde, niemand durfte sie besuchen. Keiner hat sie damals auch nur angesehen, ein kleines, stilles Mädchen.

Das wurde anders, als sie zwölf, dreizehn wurde. Sie verhielt sich immer noch unauffällig, aber die Blicke vieler Menschen veränderten sich, vor allem die der Männer, der Schulkameraden. Es reichte nicht mehr, einfach nur nichts zu sagen oder schüchtern wegzugehen. Sie musste nun dagegenhalten. Mal ein klares Wort, nicht zu hart. Ein Typ muss wissen: Bis hierher und nicht weiter. Aber sie darf ihn nicht kränken, nicht verletzen. Er könnte sich rächen. Genauer nachforschen. Ihrem Geheimnis auf die Spur kommen.

Das ging lange gut. Bis einer ihre Notsituation gnadenlos ausnutzte. Vielleicht wäre alles anders gewesen, wenn es nicht noch ihre Mutter gegeben hätte. Sie hätte sich gewehrt, sie wäre geflohen, sie hätte jemanden um Hilfe gebeten. Aber sie wollte ihr Problem vor Eugenia verheimlichen. Sie wusste, dass Eugenia Angst um sie hatte, sich Sorgen machte. Sie ahnte aber auch, dass die Wahrheit über Kröger ihre Mutter in die Verzweiflung gestürzt hätte. Deshalb hatte sie ihr nichts gesagt. Im Laufe der Zeit war sie, das Kind, souveräner mit der ausweglosen Situation umgegangen als die Frau, die sie bislang beschützt hatte.

Auch Christoph hatte sie nicht vertraut. Obwohl er immer sagte, er wolle sie lieben und beschützen. Stattdessen hatte er diesen Arzt angeschleppt. Der ihre Mutter unglücklich gemacht hat. Der sie damals zu einer Abtreibung zwingen wollte. Alles für die Karriere, die Sicherheit, ein Leben in der besseren Gesellschaft. Dazu passt diese frühe Liebe oder Affäre aus Kolumbien nicht. Und schon gar nicht das Kind.

Sie zittert vor Wut und vor Enttäuschung. Nie hätte sie gedacht, dass Christoph ihr das antun würde. Warum sollte dieser Mann ihnen helfen? Er riskierte etwas, wenn er auf ihrer Seite stand.

Isabel versucht, diese Gedanken zu verdrängen. Sie muss jetzt einen klaren Kopf behalten. Den Täter finden. Dann können sie irgendwo anders von vorne anfangen. Ein neues Leben ohne Christoph. Sie weiß, dass er sie liebt. Und sie liebt ihn auch. Aber er kann sie einfach nicht verstehen. Er ist eine Gefahr – und seine Liebe macht das nur noch schlimmer. Dass es so weit gekommen ist, ist auch ihre Schuld. Sie hätte sich niemals auf ihn einlassen dürfen.

Immer wieder sagt sie es sich vor: Wir haben eine Chance. Wir haben eine Chance. Wenn Krögers Mörder überführt ist.

Sie muss Mehmet und Esra um Hilfe bitten. Im Bus überlegt Isabel, wie sie vorgehen soll. Mehmet ist in sie verliebt. Das ist ihr schon lange klar. Er wird ihr helfen, aber wird er es ganz uneigennützig tun? Esra ist ihre beste Freundin. Aber ein bisschen jünger als sie und noch ziemlich ahnungslos.

Immer mehr Leute steigen zu, auf dem Weg in die Stadt. Isabel sieht sie genau an. Sie muss den einen Menschen schon vorher erahnen, der sie vielleicht erkennen könnte. Damit sie rechtzeitig aussteigen und verschwinden kann. Keiner beachtet sie zunächst. Alle sind mit sich selbst beschäftigt. Alle müssen zur Arbeit oder etwas besorgen. Isabel bleibt stehen, es könnte sein, dass sie schnell an einer Haltestelle rausmuss. Dann ist es besser, nicht zu sitzen, nicht jemanden bitten zu müssen, aufzustehen und sie herauszulassen.

Da, einer mustert sie von oben bis unten. Lässt sie nicht aus den Augen. Als er näher kommt, steigt sie aus. An einem Kiosk kauft sie sich eine Zeitung, nimmt die nächste S-Bahn, blättert herum, doch sie findet nichts mehr über den Mord an Kröger. Schon vier Tage her – oder sind es fünf? Sie hat die Zeit fast vergessen, draußen im Waldhaus. Und in der Stadt ist viel passiert. Berlin interessiert sich inzwischen für ganz andere Dinge.

Es dauert ewig, bis sie Kreuzberg erreicht. Zumindest kommt es ihr so vor. Von unterwegs schickt sie SMS an Mehmet und Esra. Wer von beiden wird sich melden? Wer wird Zeit für sie haben?

Esra schreibt zuerst. Sie kann nicht raus aus der Schule, sie hat eine Prüfung. Mehmet hat Berufsschule – er will für sie blaumachen. Sie weiß, dass er seinen Job sonst sehr ernst nimmt. Sie würde ihn nicht bitten, wenn es nicht dringend wäre. Sie verabreden sich in der Naunynstraße. Hier ist ein Jugendtreff. So früh am Tag hat er noch nicht offen, aber sie können sicher im Hinterhof sitzen, sich in aller Ruhe unterhalten, ohne dass jemand sie beachtet.

Als Isabel am Oranienplatz ankommt, spürt sie den Hunger. Nicht die Müdigkeit, nicht die Erschöpfung. Aber ihr Kreislauf spielt verrückt. Sie hat Angst, dass sie zusammenklappt. Auch diese Schwäche kann sie sich nicht leisten. Sie kauft sich von ihrem wenigen Geld einen Kaffee und ein Brötchen. Geht weiter. Lehnt sich kurz an eine Wand. Spürt Blicke. Geht weiter.

Ich brauche noch eine Stunde, schreibt Mehmet in einer SMS. Isabel aber will nicht irgendwo herumsitzen und warten. Sie könnte für eine Schülerin gehalten werden, die den Unterricht schwänzt. Sie möchte in eine Kirche gehen, sich setzen und ausruhen. Aber die Kirchen auf ihrem Weg sind alle verschlossen. Und sie hat keine Kraft, noch weiter herumzulaufen. Also geht sie schon vor in die Naunynstraße, setzt sich auf eine Bank im Hinterhof. Wartet. Und hofft inständig, dass Mehmet und Esra sie nicht verraten, sondern die Freunde sind, für die sie sie gehalten hat – seit sie mit ihrer Mutter hier in Kreuzberg zu Hause ist. Zu Hause ... Was für ein schönes Wort.

Wer im Schatten lebt, muss warten können. Isabel nutzt die Zeit und checkt ihr Handy. Wie vermutet: Anrufe und SMS von Eugenia und Christoph. Sei nicht unvernünftig ... Tu nichts Unüberlegtes ... Komm zurück ... Zu gefährlich ... Er wird uns helfen ... Wir brauchen ihn ...

Soll sie zurückschreiben? Dass es ihr gut geht? Dass alles okay ist? Aber es geht ihr nicht gut. Und nichts ist okay. Sie wird später antworten. Erst will sie mit Mehmet sprechen.

Dann ist er da. Sie lässt sich von ihm in den Arm nehmen. Egal, was er dabei denkt, was er sich erhofft, was er wünscht. Sie braucht jetzt für diesen einen Moment die Sicherheit und die Wärme.

»Tut mir leid, wenn ich euch da mit reinziehe.«

»Schon gut, aber lass mich machen, nicht Esra.«

Er hat etwas zu essen und zu trinken mitgebracht.

»Was brauchst du noch? Sag es mir, ich kann es

besorgen. Hast du ein Versteck? Wo ist deine Mutter? Wie kann ich euch helfen?«

Es ist ihr fast zu viel.

»Denkst du, dass ich etwas mit Krögers Tod zu tun habe?«

Mehmet mustert sie aufmerksam mit seinen dunklen Augen, dann schüttelt er den Kopf.

»Keinen Moment habe ich das gedacht.«

»Aber wer kann es gewesen sein?«

»Jeder.«

Isabel sieht ihn fragend an und Mehmet zieht eine Grimasse.

»Nein, ich war es auch nicht. Obwohl … wär's gern gewesen. Für dich.«

Wie warm seine Augen sie ansehen. Er streckt die Hand nach ihrer Hand aus. Sie zieht sie zurück. Um ihn nicht so sehr zu kränken, tut sie so, als würde sie ein Taschentuch suchen. Findet keines. Mehmet holt eines aus seiner Hosentasche. Zerknittert, aber sauber. Sie nimmt es, achtet jedoch darauf, dass sich ihre Hände nicht berühren.

»Was macht die Polizei?«

»Kommt fast jeden Tag. Fragt alle. Immer wieder.«

»Sie fragen nach uns?«

»Auch.«

»Meinst du, ich kann mal in unsere Wohnung?«

»Vergiss es.«

»Kannst du rein und mir ein paar Sachen besorgen?«

Sie sieht an sich herunter, die Kleidung schmutzig und muffig. Mehmet schüttelt bedauernd den Kopf.

»Ist versiegelt. Aber vielleicht …«

»Nein, du darfst nichts riskieren«, entscheidet Isabel und bereut schon, Mehmet gefragt zu haben.

»Ich muss bald weg«, sagt Mehmet. »Ich habe mich krankgemeldet. Und wenn ich hier rumlaufe, das ist viel zu nah an der Schule.«

Er grinst schief: »Ich will mich nicht erwischen lassen.«

»Ich begleite dich ein Stück.«

»Zu gefährlich.«

»Nicht bis zum Haus. Nur ein bisschen. Damit du mir noch mehr erzählen kannst.«

Sie will nicht allein sein. Hat keine Ahnung, wie es weitergehen, was sie tun soll. Wie kann sie den Mörder suchen, wenn sie nirgends auftauchen darf?

Gemeinsam gehen sie durch die Straßen. Nicht zu schnell, nicht zu langsam. Ein Blick nach hinten, einer nach vorne, zur Seite. Niemand verfolgt sie, niemand beobachtet sie. Durch die Manteuffelstraße, dann stehen sie an einer roten Ampel. Isabel denkt an den Augenblick mit Christoph, als er sie über die Straße ziehen wollte. Und ein Polizist auf sie aufmerksam wurde. Es tut weh, an ihn zu denken. Sehr weh. Sie fühlt: Mehmet ist der falsche Junge an ihrer Seite. Aber der wahre Freund.

»Es war einer aus dem Haus«, sagt Mehmet.

»Das denke ich auch, aber wer?«

Gemeinsam gehen sie die einzelnen Bewohner durch.

Horst?

Mehmet schüttelt den Kopf: »Der ist doch viel zu wirr in seiner versoffenen Birne.«

»Und wenn er gerade nüchtern war?«

»Dann zittern seine Hände zu stark.«

Mehmet grinst und imitiert das Zittern, das zu Horsts Markenzeichen geworden ist.

»Da ist doch noch diese neue Familie im vierten Stock …«

»Von der weiß ich auch nicht viel«, gibt Mehmet zu. »Aber wenn sie gerade erst da sind … hatten sie schon so viel Zoff mit Kröger, dass sie ihn killen?«

»Adamu?«

»Der ist zu gutmütig. Da könntest du gleich denken, es war Tatjana.«

In Isabels Kopf arbeitet es fieberhaft. Mehmet sieht sie mitfühlend an.

»Ich glaube, Krögers Frau hat euch bei der Polizei angeschwärzt.«

»Wie kommst du darauf?«

»Für sie sind doch alle ausländischen Frauen ohne Mann …«

Er zögert, möchte nicht weitersprechen, doch Isabel nickt, sie kennt die Geschichte, sie kann sie sofort zu

Ende erzählen: »… auf der Suche nach einem deutschen Kerl.«

Die Wut steigt in ihr hoch. Sie wird schneller. Mehmet hält sie auf.

»Hey, nicht weiter. Wir sind sonst gleich da.«

Jetzt erst bemerkt Isabel, dass sie fast schon vor ihrem Haus angekommen sind. Sie bleibt stehen.

»Wo gehst du hin?«, fragt Mehmet.

Isabel will sich über diese Frage jetzt keine Gedanken machen.

»Können wir uns morgen sehen?«

Er nickt. »Schick mir eine SMS, wann und wo. Und was du brauchst. Ich höre mich im Haus um.«

Sie nimmt ihn in den Arm.

13. Kapitel

Seit Stunden steht er in der Wrangelstraße. Geht ein paar Schritte, kommt zurück, wartet, sieht sich um. Er ist sicher, dass sie kommt. Wohin soll sie sonst? Sie muss in dieses Haus. Denn sie will den Mörder Krögers finden.

Er muss mit ihr reden. Um sich selbst und sie nicht in Gefahr zu bringen, postiert er sich jetzt an der Taborkirche. Hier hat er fast die ganze Straße im Blick. Systematisch tasten seine Augen die Gehsteige ab. Da sieht er sie. Mit Mehmet. Sie umarmen sich. Christoph knickt ein, als hätte er einen Schlag in den Magen bekommen. Dann trennen sie sich. Mehmet kommt die Wrangelstraße entlang auf ihn zu, Isabel biegt ab. Als Christoph sich wieder gefasst hat, hetzt er die Straße entlang. Mehmet soll ihn nicht bemerken, also muss er die Straßenseite wechseln, sich in einem Hauseingang verstecken. Das kostet wertvolle Zeit, er verliert Isabel aus den Augen. Als er herauskommt, ist sie weg. Das kann sie gut. Sich unsichtbar machen.

Leise flucht Christoph vor sich hin. Geht zurück zu seinem Ausgangspunkt. Er muss nun überlegen.

Was ist das mit Mehmet? Gibt es etwas, was er nicht weiß? Er spürt die Eifersucht, auch die Wut. Ihn hat sie stehen gelassen, im Waldhaus, um sich hier mit dem zu treffen? Ist da mehr, als er geahnt hat? Er weiß, dass Mehmet in Isabel verliebt ist. Er wird die Situation vielleicht ausnutzen, seine Chance ergreifen.

Wozu noch herumstehen? Sie ist weg, wird vielleicht wiederkommen, wenn es dunkel ist. Sich mit Mehmet treffen, nicht mit ihm. Noch eine SMS, er wird wieder keine Antwort bekommen. Er hat sich nie so allein gefühlt wie jetzt. Seine Freunde, seine Eltern – keiner kann ihm helfen.

Komm nach Hause, lass es, vergiss sie, du kannst nichts für sie tun. Er weiß, was sie ihm sagen werden. Das Schlimmste: Er denkt manchmal genauso. Er fühlt sich so ohnmächtig, so müde. Dabei würde er alles daransetzen, Isabel zu helfen, mit ihr zusammen zu sein. So wie sie es waren.

Ein warmes Gefühl zieht durch seinen Körper. Und jetzt, gerade jetzt, ist er ganz sicher, dass da nichts ist mit Mehmet. Isabel liebt nur ihn. Das hat sie ihm gesagt, das hat sie so gemeint. Sie werden eine gemeinsame Zukunft haben, er wird sie wieder lachen sehen. Dafür tut er alles. Wirklich alles.

Er sieht Tatjana aus dem Hoftor kommen. Sie geht die Straße entlang, vielleicht auf dem Weg zur Arbeit. Sie bemerkt ihn, ein kurzes Zögern in ihren Schritten, dann geht sie weiter. Er schließt sich ihr an, begleitet sie ungefragt.

»Geht es ihr gut?«, fragt Tatjana.

»Ich weiß es nicht.«

Ein überraschter Blick.

»Sie will Krögers Mörder suchen, glaube ich.«

Tatjana nickt. Das scheint sie nicht zu wundern.

»Sie ist vollkommen davon überzeugt, dass alle sie für die Täterin halten.«

Wieder nickt Tatjana. Geht einfach weiter. Christoph folgt ihr.

»Aber ihr hattet doch alle ein Motiv, oder? Er hat jeden von euch schlecht behandelt.«

Schweigen. Christoph bohrt nach.

»Dich doch auch.«

»Nicht wie Isabel.«

Er stutzt. Was meint sie damit? Tatjana will weitergehen, aber Christoph hält sie am Arm fest, sieht sie an. Sie weicht seinem Blick aus.

»Was heißt das?«

Schweigen.

»Du hattest doch auch einen Grund, ihm den Tod zu wünschen. Isabel hat mir erzählt, dass Kröger dich angemacht hat.«

»Nur am Anfang. Aber das hat aufgehört.«

»Wann?«

Schweigen.

»Warum?«

Schweigen.

»Eugenia?«

Tatjana schüttelt den Kopf.

Christoph ahnt die Wahrheit. Will sie nicht wissen. Er lässt Tatjana los, will weglaufen. Jetzt hält sie ihn fest.

»Sie wollte nicht. Aber sie hatte keine Chance. Er hätte sie sonst verraten.«

Er mag es nicht mehr hören. Er wäre am liebsten tot.

Er rennt durch die Straßen. Weiß nicht, warum. Weiß nicht, wohin.

Warum hat er nichts bemerkt? Seit wann ging das so?

Klar hat Kröger sie gezwungen, das Schwein. Aber warum hat sie sich ihm nicht anvertraut, warum hat sie nicht mit ihm geredet? Er hätte Kröger drankriegen können.

Er kommt sich so dumm vor. Er hatte keine Ahnung. Offenbar wussten alle, dass Kröger seine Freundin zum Sex gezwungen hat, nur er war der ahnungslose, liebe Junge.

Immer und immer wieder: Warum hat sie nichts gesagt, verflucht noch mal!

Er hätte ihn umgebracht …

Christoph bleibt stehen. Völlig neue Gedanken schießen ihm durch den Kopf. Isabel hatte ein starkes Motiv, Kröger zu töten. Er hat sie vergewaltigt, gequält, genötigt, gepeinigt … Er mag sich gar nicht vorstellen, was alles passiert ist, sie war vollkommen in seiner Hand.

Hat sie ihn erschlagen? Verprügelt und die Treppe hinuntergestoßen? Ist Isabel eine Mörderin?

Verstehen könnte er es …

Dann wäre auch klar, warum sie aus dem Waldhaus abgehauen ist. Nein, sie möchte gar nicht den Mörder suchen, sie weiß ja, wer es war. Sie ist auf der Flucht. Vielleicht will sie ihre Mutter da nicht mit reinziehen, oder ihn … Quatsch, um ihn geht es ihr doch am allerwenigsten. Sie hat ihm nicht die Wahrheit gesagt, was Kröger ihr angetan hat, sie hat ihm vielleicht auch nicht die Wahrheit gesagt, was seinen Tod betraf.

In den letzten Tagen hatte sich immer mal wieder für Hundertstelsekunden der Gedanke eingeschlichen: Was wäre, wenn sie es getan hätte?

Doch er hatte ihn immer sogleich vertrieben. Nein, Isabel war es nicht gewesen. Nein, sie hatte mit Krögers Tod nichts zu tun.

Natürlich bedauerte sie den Tod des Hausmeisters nicht. Aber sie war keine Mörderin. Bestimmt nicht.

Und wenn doch? Und wenn doch? Und wenn doch? Es hämmert in seinem Kopf.

Er lehnt sich an eine Mauer, schließt die Augen, atmet tief durch.

Ich verdächtige sie und ich liebe sie, denkt er.

14. Kapitel

Was war es gewesen, was uns alle vom ersten Moment an in Isabels Bann zog? Als sie da vor der Klasse stand, nach den Winterferien, als sie so tat, als würde sie unsere Blicke nicht bemerken? Jeans, Rollkragenpulli, Stiefel, alles war nicht vom Feinsten, sie war nicht geschminkt, ihre langen, lockigen Haare hatte sie kunstlos zusammengebunden, als wäre es ihr egal. Vielleicht waren es diese Augen, die scheinbar gleichgültig über uns hinwegsahen. Und die doch verrieten, dass sie etwas vom Leben wusste, was wir nicht kannten.

Ich brauche euch nicht, das sagte jeder ihrer Blicke. Ich komme gut allein zurecht, das sagte jede ihrer Bewegungen. Ihr habt doch alle keine Ahnung.

Durch sie wurden viele Dinge aus meinem Leben so banal. Das fiel mir auf, als wir uns über die Nachhilfe näherkamen. Das Tennisspielen, der beendete Klavierunterricht, der letzte gemeinsame Urlaub mit meinen Eltern in den USA, darüber konnte ich mit jedem Mädchen aus meiner Klasse reden. Bei ihr aber wirkte das in dem Moment unwichtig, als ich es ansprach. Auch genervte Kommentare über Eltern kamen nicht gut. Sie sah mich direkt an, als wollte sie sagen: Deine Probleme möchte ich haben.

Sie war nicht meine erste Freundin. Aber sie war die Erste, um deren Zuneigung ich wirklich kämpfte. Und bei der ich unsicher war in allem. Den Arm um sie zu legen, beiläufig, selbstverständlich, das war überhaupt nicht drin. Eine scheinbar unbedachte, in Wirklichkeit aber gezielte Berührung der Hand – wie denn? Ihr eine Strähne aus dem Gesicht streichen und sie dabei anlächeln – ich wusste nicht mehr, wie das ging.

Dann doch der Moment, in dem sich unsere Hände berührten, weil wir gleichzeitig nach dem Bleistift greifen wollten. Nicht sie zuckte zurück, sondern ich. Als wäre schon dieser winzige Kontakt zu viel. Erst war es nur ein Lächeln, dann aber, als ich rot wurde, begann sie zu lachen und sprach mich auf Spanisch an.

»Ich verstehe kein Wort«, murmelte ich.

Sie nahm meine Hand, drückte sie fest und sagte: »Ich wusste nicht, dass du schüchtern bist.«

Zum ersten Mal in meinem Leben hatte ich das Gefühl, dass Liebe etwas sehr Ernstes ist. Wir hatten nicht einfach Spaß, wir machten auch nicht rum. Nichts war nur ein bisschen, alles war ganz. Eine Sache auf Leben und Tod, so dachte ich, als sie in meinen Armen weinte, nachdem wir miteinander geschlafen hatten. Bei einer anderen hätte ich gedacht, dass ich sie trösten muss. Aber da ich selbst den Tränen nahe war, wusste ich, wir fühlten dasselbe. Es war zu intensiv, um es einfach mit einem lieben Blick oder einem Lächeln abzutun.

Auch wenn ich kaum Zugang zu Isabels Welt hatte, so lernte ich doch ein anderes Leben kennen. Denn um sie nicht zu beschämen, sparten wir uns all die schönen Dinge, die Geld kosten. Wir gingen nicht essen, sondern packten ein paar Sachen ein und fuhren zum See. Wasser, Sonne, Gras … Ich beobachtete einen Käfer, der über meinen Fuß kroch, Isabel hinderte mich daran, ein Gänseblümchen zu pflücken, um es ihr zu schenken.

Niemandem hätte ich das erzählen wollen. Christoph, der mit Insekten spielt. Christoph, der Blumen verschont, weil sie auch leben wollen.

Nie habe ich so viel von Berlin gesehen wie in diesem Sommer. Nie habe ich mich selbst so sehr gespürt wie in diesen Wochen.

Doch es reichte mir nicht. Ich wollte nicht den Moment, ich wollte die Ewigkeit. Suchte nach Lösungen, die mir damals noch so einfach erschienen.

»Du ziehst zu mir.«

»Ich lasse meine Mutter nicht allein.«

»Dann zieht ihr beide zu uns.«

»Das ist doch Unsinn, Christoph. Es geht nicht.«

»Und warum nicht?«

»Dein Vater ist Anwalt und wir sind illegal.«

»Ich sage ihm alles und er sucht einen Weg, euch zu helfen.«

»Es gibt diesen Weg nicht.«

Pause. Ich wollte gerade wieder ansetzen mit meiner Super-Idee, doch sie kam mir zuvor.

»Sag es bitte nicht.«

»Aber wenn wir heiraten …«

»Darüber macht man keine Witze.«

Sie stand auf und ging weg.

Die Suche nach dem Vater erschien mir als die beste Lösung. Oder die einzige Lösung. Denn so ganz klar war mir nicht, wie es weitergehen würde, wenn ich ihn gefunden hätte. Ich dachte einfach, alles würde gut werden.

Als ich ihn gefunden hatte, fühlte ich mich wie der King. Dass Isabel so wütend war, ich konnte es einfach nicht begreifen. Aber ich merkte, dass sie mir ab sofort misstraute.

Es gab immer öfter Streit. Ich übersah viele Zeichen, dass etwas nicht stimmte, gerade in den letzten Wochen.

Manchmal zuckte sie zusammen, wenn ich sie berührte.

Ständig wollte sie duschen.

Sie vermied es, über Nacht zu bleiben. Behauptete, ihre Mutter brauche sie.

Sie wurde verschlossener statt offener.

Sie sagte ab. Nein, es liege nicht an der Arbeit als Küchenhilfe, meinte sie auf meine Nachfrage. Sie brauche einfach mehr Zeit für sich.

Ich hätte aufmerksamer sein sollen. Ihr Blick war oft so leer, so stumpf. Sie hatte resigniert. Aber ich merkte es nicht. Ich fragte nicht, warum. Ich wollte es nicht wissen. Der Sommer war schön gewesen, es sollte einfach so weitergehen.

Dieser Streit war besonders heftig.

Wieder ging es um ihren Vater.

»Er hat eine Verantwortung euch gegenüber.«

»Er wollte mich nicht – und ich will ihn nicht.«

»Vielleicht hat er sich geändert. Hab doch ein bisschen Vertrauen.«

Isabel lachte nur höhnisch und bitter.

»Aber so geht es doch nicht weiter!«, brüllte ich.

»Dann lass es!«, schrie sie zurück.

Sie wollte weg, aber ich hielt sie fest. Nur um sie zur Rede zu stellen. Aber sie reagierte völlig panisch. Schrie, weinte, schlug um sich, als ginge es um ihr Leben.

»Ich tue dir doch nichts!«

Sie antwortete nicht, schnappte nach Luft. Hyperventilierte. Ich hielt ihr den Mund zu, damit sie nicht so schnell, so heftig atmete. Das machte alles nur noch schlimmer.

Sie war immer vorsichtig gewesen, manchmal sogar ängstlich. Aber diese Panik, dieses Entsetzen, das war mir neu.

Was war passiert, dass sie sich von mir auf einmal bedroht fühlte? Dass sie Berührungen vermied?

In diesem Moment, als sie in meinen Armen scheinbar um ihr Leben kämpfte, kam mir für den Bruchteil einer Sekunde der Gedanke, dass etwas Schlimmes passiert war, etwas sehr Schlimmes. Aber das hätte sie mir erzählt, oder?

Ich erschrak über mich selbst, weil ich sie festhielt, fast gewaltsam. Ich ließ sie los, sie lief weg.

In dieser Nacht wurde Kröger ermordet.

Sie rief mich an.

Sie vertraute mir noch.

Sie hatte nur mich.

Und ich wusste, ich würde alles für sie tun.

15. Kapitel

»Hast du es gewusst?«

Christoph sieht Eugenia wütend an, herausfordernd, er kann sich nur mit Mühe beherrschen. Sie weicht seinem Blick aus.

»Du hast es gewusst. Seit wann?«

»Sie hat es mir erst vor ein paar Tagen erzählt«, antwortet Eugenia leise.

»Und du hattest vorher keine Ahnung? Hast nicht bemerkt, wie sie sich verändert hat?«

Er wird lauter, unverschämter – fühlt sich im Recht.

»Hast du es denn bemerkt?«

Er übergeht die Frage. Denn das ist sein wunder Punkt. Dass er sehr wohl gespürt hat, wie sie sich zurückzog, dass ihn das auch gekränkt hat, dass er aber nicht genug nachgefragt hat, es vielleicht auch nicht so genau wissen wollte. Alles sollte unkompliziert und schön bleiben oder wenigstens wieder werden, wenn es schon zwischendurch nicht so war.

»Du wolltest es nicht sehen«, wirft Christoph ihr vor. »Sonst hättest du etwas unternehmen müssen. Eine neue Wohnung suchen, ihn zur Rechenschaft ziehen …«

Es ist der Vorwurf, den er sich selbst macht. Aber es fühlt sich so unerträglich an, nichts bemerkt, nichts getan zu haben. Es tut so weh, dass sie nicht mit ihm geredet hat. Es ist viel leichter, Eugenia zu beschuldigen.

Er hat mit vielem gerechnet. Dass sie weint, schreit, wegläuft, verzweifelt. Aber Eugenia holt aus und gibt ihm eine Ohrfeige. Er zuckt zusammen, fasst sich an die Wange. Unendliches Erstaunen, dass diese kleine, zierliche Frau so viel Kraft besitzt, so viel Wut in sich hat.

Er erinnert sich daran, dass auch Isabel ihm einmal eine geklebt hat. Das war der Auftakt zu ihrer Beziehung. Jetzt ist sie kaputt. Er beginnt zu weinen. Tut sich schrecklich leid.

Doch die sonst so ruhige und sanfte Eugenia tröstet ihn nicht. Ihre Wut ist noch längst nicht verraucht.

»Wie naiv bist du, Christoph? Wie dumm? Ich kann einen deutschen Mann nicht anzeigen, wenn er meine Tochter vergewaltigt! Ich lebe hier illegal. Es gibt keine Gerechtigkeit für Menschen wie uns.«

Christoph will etwas erwidern, aber er kommt nicht zu Wort.

»Auch wenn du manchmal bei uns warst: Du hast keine Ahnung von unserem Leben. Wie es sich anfühlt, Tag für Tag, Nacht für Nacht. Die erste hässliche Wohnung, die zweite, die dritte. Die erste Arbeitsstelle, wo du dein Geld nicht bekommst, die zweite, die dritte. Die erste Freundin, die abgeschoben wird, die zweite, die dritte. Der erste Mann, der dich anfasst, der zweite, der dritte … Du sitzt in einer schönen Wohnung mit deinen reichen Eltern und manchmal siehst du uns dabei zu, wie wir uns abstrampeln.«

Wieder versucht er einzuhaken, sie winkt ab.

»Ja, du hast uns geholfen, ich weiß. Danke. Und damit hast du alles nur noch schlimmer gemacht. Hättest du doch Isabels Vater nie gefunden!«

»Wird er euch helfen?«

»Er möchte mit seinem Anwalt reden. Aber er hat noch nicht angerufen.«

Christoph schluckt. Er hatte sich mehr von Lehnert alias Bruckner erwartet. Aber Menschenkenntnis scheint nicht seine Stärke zu sein.

»Du reißt alte Wunden auf«, sagt Eugenia leise. »Und es kommen neue hinzu. Hättest du nicht diesen Mann angeschleppt, Isabel säße jetzt hier bei uns.«

Christophs Handy klingelt. Er sieht erwartungsvoll hin, auch Eugenia schreckt hoch. Doch es ist das falsche. Er schüttelt den Kopf und drückt den Anruf weg.

»Meine Mutter.«

»Sprich mit ihr, sie macht sich bestimmt Sorgen.«

»Später.«

Doch sie haben den Faden verloren. Die Luft ist raus aus ihrem Streit.

Alles, was Eugenia jetzt sagt, könnte auch von ihm stammen.

»Ich mache mir solche Vorwürfe. Ich hätte es merken müssen. Ich hätte ihr helfen müssen. Aber ich wollte es nicht glauben, nicht wahrhaben, keine Sekunde habe ich gedacht, dass er so weit geht. Dabei wusste ich doch, wie gefährlich er war.«

Christoph nickt bei jedem Satz: »Ich wünschte, ich hätte ihn umgebracht.«

Jetzt nickt Eugenia.

Einen Moment sind sie still.

»Ich war es nicht. Aber was wäre, wenn …«

Christoph wagt es nicht, den Satz zu Ende zu sagen.

Eugenia zuckt die Schultern.

»Ist es ein Verbrechen, wenn man um sein Leben kämpft? Wenn man sich selbst schützt?«

Christoph steht auf.

»Ich suche sie. Ich finde sie. Ich helfe ihr.«

Er korrigiert sich: »Ich helfe euch.«

Eugenia schüttelt den Kopf.

»Lass es, Christoph. Du meinst es gut, aber du machst alles nur noch schlimmer. Lass meine Tochter in Ruhe und geh zurück in deine Welt.«

Auf dem Weg mit seinem Roller zurück in die Stadt überlegt er. Hat die Polizei sein Kennzeichen? Suchen sie ihn? Oder nimmt er sich jetzt einfach zu wichtig? Wenn er in Köpenick Geld bei der Bank abhebt, können die das sofort überprüfen? Bringt er sie damit auf die Spur zum Waldhaus? Er weiß es nicht, er kann nicht mehr klar denken.

Es ist Mittag, er hat Hunger, er ist kaputt. Seine Kraft reicht gerade noch, einen Plan zu machen: Geld aus dem Automaten ziehen, ein ordentliches Essen in einer Kneipe in Köpenick. Dann wird er vom alten Handy aus seine Mutter anrufen, sie beschwichtigen, ihr sagen, dass es ihm gut geht. Auch wenn es nicht stimmt. Er will auch wissen, was läuft. Vielleicht war die Polizei noch einmal da, vielleicht weiß sie etwas, was ihm nützen kann. Außerdem spürt er eine ganz große Sehnsucht, mal wieder mit einem Menschen zu sprechen, der ein vollkommen normales Leben führt.

Das Essen schmeckt ihm nicht, aber er hat Hunger. Er ist froh, endlich mal wieder satt zu werden. Die Mahlzeit und das Sitzen machen ihn müde, aber alles ist besser, als abgerissen und hungrig durch die Gegend zu stromern wie ein räudiger Hund.

Er hätte es ahnen können, er hätte sie beschützen müssen. Das weiß er jetzt. Seine Eifersucht, seine Wut und Enttäuschung, das ist alles lächerlich. Dieser

Mann hat Isabel Gewalt angetan und sie hatte keine Möglichkeit außer Flucht. Aber wohin fliehen, wohin sich retten?

Er hätte für sie da sein müssen. Er hat versagt.

Ben ist nicht zu erreichen. Klar, der sitzt noch in der Schule. Das hat er vollkommen vergessen. Er spricht auf die Mailbox. Tut so harmlos wie möglich. Dass es ihm gut geht, alles okay. Er ist für ein paar Tage abgetaucht. Würde gern wissen, ob die Polizei bei ihm war, was sie ihn gefragt haben. Wenn er ihn also zurückrufen könnte …

Christoph ist nicht sicher, ob Ben sich meldet. Zwar hat er eine große Klappe, aber ob er sich in Schwierigkeiten bringen will? Infos für den flüchtigen Freund der abgetauchten Verdächtigen, die noch dazu illegal hier ist?

Einen Moment zögert Christoph, doch dann ruft er seine Mutter zurück. Bevor sie weiterhin versucht, ihn zu erreichen. Bevor sie sich noch mehr Sorgen macht.

»Ja?«

Sie klingt atemlos.

»Ich bin's.«

»Endlich!«

Keine Vorwürfe, kein böses Wort, nur Erleichterung. Christoph spürt ihre Liebe und ist für einen Moment froh. Wenigstens ein Mensch, der noch zu ihm hält. »Mama«, sagt er und ihm wird in dem Moment klar, dass er das seit vielen Jahren nicht mehr gesagt hat.

»Wie geht es dir, Christoph?«

»Mama, alles okay.«

»Du willst mir sicher nicht erzählen, wo du bist und was du machst.«

Doch, er würde es ihr gerne sagen. Aber er weiß, dass es nicht klug ist. Er beißt sich auf die Lippen, damit er nichts Falsches sagt. Er mag gar nicht reden, sie soll das Zittern in seiner Stimme nicht hören, seine Rührung, dass mal jemand ein paar nette Worte für ihn übrig hat nach all dem Stress der letzten Tage.

»Was kann ich für dich tun, mein Junge?«

»Sag der Polizei nicht, dass ich angerufen habe.«

»Sie würden gerne noch einmal mit dir reden.«

»Ich kann jetzt nicht.«

»Wann kommst du wieder?«

»Keine Ahnung.« Er überlegt einen Moment. »Aber hoffentlich bald.«

»Wie geht es Isabel?«, fragt seine Mutter.

Er weiß es doch selbst nicht. Er hat keine Ahnung, wo sie sein könnte und was sie macht.

»Auch wenn es gegen das Gesetz ist und dein Vater mich für diese Bemerkung am liebsten hinter Gitter bringen würde: Ich finde es toll, dass du deine Freundin in dieser Notlage nicht im Stich lässt.«

»Danke, Mom.«

Er legt schnell auf, kann nicht mehr sprechen. Er war fast am Ende, aber die Worte seiner Mutter haben ihm die Kraft gegeben, weiter für Isabel und um Isabel zu kämpfen.

Er wird sie suchen, sie finden, ihr helfen.

Gerade will er auf seinen Roller steigen, als sein zweites Handy klingelt. Er lässt seinen Helm und die Tasche fallen, zieht es heraus.

»Isabel!«

»Nein, Eugenia.«

Er bemüht sich, sich die Enttäuschung nicht zu sehr anmerken zu lassen. Hört nicht, wie verzweifelt sie ist.

»Es war alles umsonst, Christoph. Ich habe alles falsch gemacht, alles, alles.«

Er kann sie kaum verstehen, so sehr zittert ihre Stimme.

»Was ist passiert?«

»Ich habe mein Kind mit in mein Unglück genommen, dabei hätte Isabel ein schönes Leben ...«

Er denkt, sie redet von der Sache mit Kröger.

»Wir haben doch beide nichts gemerkt«, versucht er sie zu trösten und hört nur, dass sie gebetsmühlenartig wiederholt: »Alles falsch, alles falsch ...«

»Eugenia, ich verstehe dich kaum.«

Sie schnieft, dann hört er sie etwas deutlicher.

»Johannes hat angerufen.«

Christoph bekommt Angst. Was hat Bruckner ihr erzählt, dass sie so verzweifelt ist?

»Isabel ist Deutsche. Weil ihr Vater Deutscher ist.«

Ein fassungsloser Aufschrei: »Was habe ich meinem Kind nur angetan!«

Dann legt sie auf. Christoph versucht, sie zu erreichen, aber sie geht nicht mehr ans Handy. Er ruft Bruckner an.

»Mein Anwalt sagt, Isabel hätte die deutsche Staatsbürgerschaft besessen, sobald ich die Vaterschaft anerkannt hätte.«

Sie wollten das Kind doch gar nicht, will Christoph einwenden, aber Bruckner redet einfach weiter: »Wenn ich gewusst hätte, dass es Isabel gibt, wenn mir Eugenia geschrieben hätte, dass sie nach Deutschland kommen möchte ...«

»Wenn, wenn, wenn ...« Er schreit es in sein Handy.

Endlich kann er jemanden beschuldigen, seine Wut abreagieren. Er weiß, dass er pampig ist, dass er unverschämt wird, aber er kann nicht anders, seine Verzweiflung muss raus.

»Sie sind ins Ausland und haben sich dann einen neuen Namen zugelegt ... Sie wollten doch nicht gefunden werden.«

Bruckner reagiert gelassen.

»Ich habe in Spanien gearbeitet und bei der Heirat den Namen meiner Frau angenommen, den Namen ihres Vaters, dessen Praxis ich übernommen habe. Daran ist nichts Kriminelles.«

Christoph muss sich eingestehen, dass Bruckner recht hat. Und er versteht sich selbst nicht. Isabel ist Deutsche. Hat er sich das nicht immer gewünscht? Warum schreit er nun den Mann an, der das alles noch möglich machen kann?

Bruckner redet weiter: »Eugenia hätte sich an die deutschen Behörden wenden können. Die sind verpflichtet, ihr zu helfen, den Kindsvater zu ermitteln. Sagt mein Anwalt.«

Christoph wird bitter, stellvertretend für Isabel und Eugenia: »Wer geht denn zu einer Behörde, wenn er illegal im Land ist?«

»Sie hätte mit Isabel bleiben können. Fast fünfzehn Jahre Illegalität – völlig umsonst.«

»Sie ist total verzweifelt«, sagt Christoph nach einem langen Schweigen.

»Fährst du zu ihr?«

»Ich glaube, das ist Ihr Job. Ich muss Isabel finden.«

Erst nach Ende des Gesprächs atmet er tief durch und überlegt.

Allmählich spürt er zumindest ein bisschen Freude und Erleichterung.

Jetzt könnte alles gut werden, oder?

Aber nur, wenn Isabel nicht Krögers Mörderin ist.

Hoffentlich, hoffentlich hat sie damit nichts zu tun.

Er muss ihr sagen, was er soeben erfahren hat.

16. Kapitel

»Kann ich mich wieder umdrehen?«

»Ja.«

Mehmet wendet sich um und sieht ihr dabei zu, wie sie an dem T-Shirt herumzupft, das er ihr mitgebracht hat. Er lächelt.

»Klar, Esra ist größer als du. Und dicker.«

»Ich hoffe, du sagst ihr das nicht.«

Mehmet grinst nur.

»Danke fürs Leihen. Ich bin froh, dass ich endlich mal was Frisches anziehen kann.«

»Tut mir leid, dass ich nicht in eure Wohnung rein bin. Aber ich dachte: Wenn die Polizei etwas merkt …«

»Bestimmt besser so.« Isabel lächelt ihn zaghaft an.

Sie haben sich für die Umkleideaktion ins Künstlerhaus Bethanien verdrückt. Oben im zweiten Stock, wo leer stehende Ateliers sind. Sie hatten sich im Park getroffen, aber dann hatte es angefangen zu regnen. Keiner hat bemerkt, dass sie die Treppen hinaufgegangen sind, keiner achtet hier auf sie. Sie setzen sich auf die Stufen. Hier können sie ungestört reden. Besser als in jedem Café, besser als auf der Straße. Mehmet hat etwas zu essen mitgebracht, auch zu trinken. Isabel schlingt in sich hinein. Sie hat Hunger. Und nur noch sehr wenig Geld. Die Handykarte ist fast leer, der Akku so gut wie alle.

Sie schickt noch schnell eine SMS an ihre Mutter. Dass es ihr gut geht, dass alles in Ordnung ist.

Eugenias Antwort wartet sie gar nicht ab. Sie schaltet das Handy aus und lächelt Mehmet an.

Ein Mann kommt die Treppe hoch, er geht an ihnen vorbei, betrachtet sie beide argwöhnisch. Isabel bemerkt den Blick, sie weiß, es ist Zeit, von hier zu verschwinden. Der Mann geht in eines der Ateliers, doch schon wenige Minuten später kommt er zurück. Sein Blick ist noch fragender als zuvor, einen Moment scheint es, als wollte er etwas sagen, er sieht Isabel direkt ins Gesicht, dann geht er weiter. Nichts wie weg.

»Komm, wir hauen ab«, sagt Isabel und steht auf.

»Die Polizei war wieder da«, erzählt Mehmet, als sie das Haus verlassen. »Sie kommen nicht weiter mit ihren Ermittlungen.«

»Weil sie uns suchen«, sagt Isabel. »Und weil sie denken, dass meine Mutter oder ich ihn umgebracht haben.«

»Das denken auch einige im Haus«, antwortet Mehmet.

»Und du?«

Sie hat ihn das schon einmal gefragt, da hat er es

rundweg abgestritten. Jetzt aber antwortet er nicht gleich.

Gerade noch, beim Essen und Trinken, da waren sie einander nah. Jetzt aber spürt Isabel, dass etwas anders ist. Sie ahnt es: Je mehr Mehmet über den Mord an Kröger nachdenkt, desto größer wird sein Verdacht, dass Isabel und ihre Mutter doch mit der Sache zu tun haben.

Hat er Sorge, er könnte sich in eine Mörderin verliebt haben?

Ihre Gedanken haben sie davon abgehalten, wachsam zu sein. Erst als sie sich auf der Straße umsieht, merkt sie, dass sie Mehmet einfach blind gefolgt ist. Jetzt ist es Zeit, einen anderen Weg einzuschlagen. Denn sie nähern sich wieder dem Haus in der Wrangelstraße. Sie muss sich hier und jetzt von ihm verabschieden.

»Danke«, sagt sie und hofft, er würde antworten, dass sie anrufen soll, dass er ihr weiter helfen wird. Aber Mehmet sagt nichts, drückt kurz ihren Arm und geht.

Da sieht sie Christoph. Er steht auf der anderen Straßenseite und starrt sie an. Er wirkt völlig verstört, so kennt sie ihn nicht.

Isabel hat Angst vor ihm. Zum ersten Mal. Sie hat Angst, er könnte austicken, laut schreien, andere Leute auf sie aufmerksam machen. Sie muss ihm so viel sagen, so viel erklären. Die Sache mit Kröger, warum sie aus dem Waldhaus abgehauen ist, warum sie sich nicht mehr bei ihm gemeldet hat ... Wie durcheinander sie ist und wie kaputt ... Dass sie ihn immer noch liebt, aber ihn nicht in ihr Elend reinziehen will ... Dass sie ihm die Sache mit ihrem Vater verzeiht. Dass sie weiß, dass er es nur um ihretwillen getan hat. Auch wenn das Ergebnis dadurch nicht besser wird ... Es ist der ungünstigste Zeitpunkt. Sie sind beide verzweifelt von den Tagen seit dem Mord, sie haben wenig geschlafen. Sie sind müde, erschöpft, mit den Nerven am Ende, sie haben Angst, entdeckt, befragt, verdächtigt zu werden, sie wollen einander helfen, sie möchten füreinander da sein, aber sie sind sich dabei aus dem Weg gegangen und fremd geworden.

Als er über die Straße auf sie zukommt, wird ihr klar, dass er Bescheid weiß. Sie sieht es an seinen traurigen Augen. Sie wappnet sich gegen Wut, Enttäuschung und Eifersucht. Doch es kommt anders.

Schweigend steht er vor ihr.

»Es tut mir so leid.«

Damit hat sie nicht gerechnet. Aber plötzlich verschwindet das Gefühl, sie müsste ihm etwas erklären, was nicht zu erklären ist. Sie müsste sich für etwas rechtfertigen, was sie gar nicht wollte, wozu sie gezwungen wurde.

»Ich habe dir nicht alles erzählt.«

Sie sieht, auch er ist überrascht von ihrer Reaktion.

»Wahrscheinlich hätte ich es nicht verstanden.«

»Davor hatte ich am meisten Angst.«

Sie macht den ersten Schritt. Geht auf ihn zu, nimmt ihn in den Arm.

»Ich weiß, du hast es gut gemeint. Auch das mit Lehnert«, sagt sie.

»Aber schlecht gemacht.«

»Du konntest einfach nicht sehen, was das für meine Mutter und mich bedeutet.«

»Sag es ruhig, ich bin ein Idiot.«

»Mein Idiot.«

Sie lächelt zaghaft, er erwidert ihr Lächeln.

Sie spürt sein Zögern, seine Unsicherheit.

»Ich muss dir etwas sagen – es hat mit Lehnert zu tun.«

»Ich will es nicht hören.«

»Aber es ist wichtig. Deine Mutter hat mich angerufen, sie hat noch einmal mit ihm gesprochen und er hat gesagt …«

Sie unterbricht ihn mit einem Kuss.

17. Kapitel

Christoph sieht sie an, als würde er sie zum ersten Mal sehen.

Als wären sie neue Menschen.

Er bemerkt ihren Blick und spürt: Es geht ihr genauso.

Es ist, als würde ihre Geschichte noch einmal ganz von vorne beginnen.

Die letzten Tage und Nächte haben sie verändert.

Sie haben sich fast verloren. Aber jetzt sind sie einander nah.

Mitten auf der Straße in Kreuzberg.

Sie sehen sich an mit dem Gefühl, dass sie wirklich eine Chance haben, noch einmal von vorne anzufangen. Als wäre nichts gewesen.

Sie verstecken sich nicht voreinander.

Aber sie verstecken sich auch nicht vor der Welt.

Nachdem sie so lange vorsichtig waren, niemandem trauten, nicht einmal einander, sind sie jetzt offen. Aber auch schutzlos.

Christoph hält Isabel im Arm, sie können nicht reden. Er weiß, er sollte wachsam sein, die Augen offen halten, sie sind mitten in Isabels Viertel, jeder Passant könnte sie hier erkennen. Er will sie doch beschützen, er will, dass alles gut wird.

Doch er übersieht die Frau mit den Plastiktüten voller Einkäufe, die auf der anderen Straßenseite geht und ihnen einen zunächst irritierten Blick zuwirft, der nach und nach hasserfüllt wird. Würde er ihr in die Augen sehen, dann könnte er die Gefühle entdecken, die einen Menschen zerfressen: Neid, Eifersucht, Missgunst, Enttäuschung, Wut.

Isabel schmiegt sich in seine Arme und weint. Er genießt ihre Nähe. Er hört Isabels Versprechen, dass sie ihm nie mehr misstrauen will. Er wiederum verspricht ihr, dass er immer für sie da sein möchte. Er spürt den Zauber des Neuanfangs – aber auch, wie diese Magie Sekunden später verflogen ist.

Denn Christoph kennt das Gefühl, wenn Isabel sich verhärtet. Er weiß aber nicht, warum sie es ausgerechnet jetzt tut, in diesem innigen Moment.

Sie blickt an ihm vorbei, irgendetwas in seinem Rücken macht ihr Angst. Er sieht diese flackernde Panik, er sieht, wie sie lautlos das Wort formt: Polizei.

»Lauf«, flüstert er. »Ich halte sie auf.«

Sie schüttelt den Kopf. »Ich kann nicht mehr.«

Sie zittert am ganzen Leib. Er möchte ihr seine Kraft geben, er fühlt sich stark durch ihre Versöhnung.

»Hau ab. Bitte.«

»Ich schaff das nicht mehr.«

Hinter ihm schon die Stimme: »Ihre Ausweise bitte.«

Er stößt sie von sich. »Lauf!«, brüllt er und jetzt beginnt sie zu rennen. Einer der Polizisten will ihr nach, doch Christoph stellt ihm ein Bein. Er knallt aufs Pflaster, ein grässlicher Fluch, sein Kollege greift sich Christoph, nicht gerade zimperlich.

Da sieht er sie stehen, die Frau des Hausmeisters.

»Da ist sie!«, schreit die und deutet auf Isabel, die geschickt zwischen all den Menschen hindurch ihren Weg findet.

Christoph sieht sie an. Jetzt kann er erkennen, dass sie ihnen nicht gönnt, was sie selbst nie gehabt hat. Dieses Gefühl, füreinander da zu sein, bedingungslos.

Es ist wie immer, überlegt er, als ihn die Polizisten zu ihrem Wagen bringen.

Gerade war Isabel noch da, jetzt ist sie verschwunden.

Intensive Nähe, flüchtig wie ein Hauch. Dann ist sie weg.

Es fühlt sich an, als könnte sie sich in Luft auflösen.

Immer hat ihn das verwirrt und verärgert.

Zum ersten Mal freut er sich darüber. Sie konnte fliehen.

18. Kapitel

»Sie haben kein Recht, meinen Sohn hier festzuhalten.«

»Sie wissen selbst, dass wir das können, wenn er Beschuldigter in einem Strafverfahren ist.«

Schweigend hört sich Christoph den Schlagabtausch zwischen seinem Vater und der Polizei an. Er hat ihn nach der Festnahme angerufen, seinen Vater, den Anwalt. Auch wenn der stinksauer auf ihn ist, er wird ihn nicht im Stich lassen, das weiß Christoph. Und zum ersten Mal ist er dankbar dafür, dass seine Eltern so sind, wie sie sind. Manchmal nervig in ihrer Fürsorge und Kontrolle, aber immer für ihn da.

Abgerissen sitzt er hier, müde und kaputt. Dachte er wirklich, er könnte Isabel beschützen? Oder Krögers Mörder finden und damit Isabel entlasten?

Sein Vater gibt sich alle Mühe, ihn zu entlasten. Wenn er Pech hat, hängen sie ihm den Mord an Kröger an. Denn sie wissen längst, dass Kröger Isabel missbraucht hat. Und damit hätte er ein starkes Motiv. Irgendjemand aus dem Haus hat es ihnen gesteckt, vielleicht Tatjana oder sogar die Frau des Hausverwalters selbst. Die hat es sicher anders dargestellt, nämlich so, dass Isabel sich ihrem Mann an den Hals geworfen hat.

Dass er eine Illegale unterstützt hat, dass er sie vor der Polizei versteckt, das alles ist schlimm genug, verblasst aber angesichts des Mordverdachts. Absurd: Ausgerechnet jetzt kommt die Erkenntnis, dass Isabel völlig legal in Deutschland leben könnte. Wenn Eugenia damals anders gehandelt hätte, wenn Isabels Vater auffindbar gewesen wäre, wenn …

Christophs Vater kämpft, auch um seinen guten Ruf. Natürlich hatte er keine Ahnung, dass die Freundin seines Sohnes und deren Mutter ohne Papiere hier lebten. Das sagt er gegenüber der Polizei.

Du hast es zumindest geahnt, denkt Christoph. Du wolltest es nicht genauer wissen.

Er möchte seinem Vater Vorwürfe wegen seiner Feigheit machen. Aber ihm ist klar, dass sein Vater klug handelt. Er kann das nicht. Er will auch nicht klug sein.

»Es ist scheiße, wie Illegale hier behandelt werden.«

Der Vernehmungsbeamte zieht die Augenbrauen hoch.

»Was würdest du vorschlagen?«

»Legalisieren, ist doch klar.«

»Weißt du, wie viele Menschen in dieses Land kommen und bleiben, obwohl sie kein Aufenthaltsrecht haben?«

»Haben wir denn das Recht, auf ihre Kosten zu leben und sie auszubeuten? Da sehen Sie einfach zu!«

»Sie hätten nicht kommen müssen, sie brauchen nicht zu bleiben.«

»Da machen Sie es sich aber verdammt einfach.«

Das war ein entscheidender Fehler und er sieht es seinem Vater an. Für Schwache einstehen, das geht gerade noch. Aber einen Beamten dumm anreden, das ist gar nicht gut.

»Bist du total bekloppt?«, zischt sein Vater, als er glaubt, die Beamten seien mit Telefon und Kaffeemaschine genug abgelenkt.

»Aber ich habe doch recht!«

»Erstens bin ich mir da nicht so sicher und zweitens sind recht haben und recht bekommen …«

»Ja ja ja, zwei Paar Stiefel«, führt Christoph den Satz genervt zu Ende.

Sein Vater mustert ihn nachdenklich.

»So hilfst du Isabel auf keinen Fall.«

»Aber du weißt bestimmt, wie's geht!«

Er flüchtet sich in Sarkasmus, er will seinem Vater nicht zeigen, wie verzweifelt er ist.

Der eine Beamte telefoniert weiter, der andere ist nicht im Raum.

»Du solltest mit der Polizei zusammenarbeiten.«

»Isabel verraten – niemals!«

»Wenn sie, wie du behauptest, legal hierbleiben kann, dann hat sie doch nichts zu befürchten. Sag einfach, wo sie ist.«

»Erstens weiß ich es nicht und zweitens wird sie wegen Kröger gesucht. Und solange die Polizei sie verdächtigt ...«

»Denk doch mal nach. Wenn sie mit dem Tod Krögers nichts zu tun hat und der Mörder noch frei herumläuft – vielleicht ist sie in Gefahr!«

Einen Moment erschrickt er. Ist Isabel in Gefahr? Nein, sie weiß sich zu helfen. Gefährlich für sie sind die, die sich als Ordnungshüter ausgeben. Niemand sonst.

»Was ist, wenn Isabel den Mörder kennt?«, bohrt sein Vater nach. »Vielleicht war er in dunkle Geschäfte verwickelt und hat sie da mit reingezogen ...«

Christoph sieht ihn an. »Du denkst wirklich, sie ist kriminell, oder?«

»Sie hat gelernt, ums Überleben zu kämpfen. Da braucht man manchmal harte Bandagen.«

»Woher willst du das wissen?«, fragt Christoph und denkt an Eugenia, die ihm seine eigene Ahnungslosigkeit und Naivität um die Ohren gehauen hat.

Eugenia ... er hat sie ganz vergessen in den letzten Stunden. Sie sitzt wohl immer noch in der Waldhütte, hört nichts von ihm und nichts von Isabel und ist völlig am Ende.

Es muss sich entsetzlich anfühlen, wenn man denkt, dass man alles falsch gemacht hat, dass das harte Leben der letzten Jahre völlig umsonst war, weil es eine einfachere Lösung gegeben hätte.

Was tut sie jetzt wohl? Hoffentlich ist Bruckner zu ihr gefahren, hoffentlich kümmert er sich um sie.

Wenn er Isabel und Eugenia helfen möchte, dann muss er hier raus. Er hat Isabel noch nicht gesagt, dass es für sie eine Chance gibt, in Deutschland zu leben, wenn sie die Hilfe ihres Vaters annimmt. Er ist nicht mehr dazu gekommen. Wohin mag sie sich jetzt geflüchtet haben? Wo ist sie noch sicher? Wer ist der Mörder von Kröger? Alles wäre gut, wenn die Polizei ihn endlich fassen würde.

Er will raus. Isabel suchen, finden, beschützen …

Er kann hier nur raus, wenn er die Beamten davon überzeugt, dass er mit Krögers Tod nichts zu tun hat. Aber wen werden sie dann verdächtigen? Isabel, ganz klar, denn ihr Motiv ist genauso stark wie seins. Er möchte hier weg, um ihr zu helfen. Dazu muss er sich entlasten und damit belastet er Isabel. Ein Teufelskreis.

Wieder schießt ihm der Gedanke durch den Kopf, dass sie es gewesen sein könnte. Isabel hatte ein Motiv und die Gelegenheit. Kein Mord, ein Unfall. Gerangel auf der Treppe. Sie wehrt sich. Genau, es war Notwehr.

Er wischt den Gedanken wieder weg. Nein, sie hat kein Menschenleben auf dem Gewissen. Das hätte sie ihm doch erzählt. Hätte sie? Sie hat ihm so vieles nicht gesagt.

Es spielt keine Rolle: Auch wenn sie mit Krögers Tod zu tun hat, es ändert nichts an seinen Gefühlen für sie. Er liebt sie, er will für sie da sein. Deswegen muss er hier raus.

»Okay, ich sage alles, was ich weiß.«

Christoph sagt nur fast alles. Und ein paar falsche Angaben sind auch dabei. Dennoch fühlt er sich wie ein Verräter.

Er erzählt, seit wann er Isabel kennt. Seit wann sie ein Paar sind. Wann er gemerkt hat, dass sie keine Papiere hat. Dass er es seinen Eltern verschwiegen hat. Das meiste davon hat er schon bei der ersten Vernehmung gesagt.

Er gibt an, von Krögers Übergriffen nichts gewusst zu haben. Was ja auch stimmt.

Er schildert Isabels Anruf mitten in der Nacht.

Behauptet, er habe die beiden vor einer Schrebergartensiedlung im Wedding abgesetzt. Weit weg von der Gegend östlich von Köpenick, wo er sie wirklich hingebracht hat. Dort hätten sie sich allein so lange herumgetrieben, bis sie unter irgendeiner Fußmatte oder in einer Regenrinne einen Schlüssel fanden und in eines der Häuschen kamen.

Er wisse nicht genau, wie lange sie dort waren. Denn er sei ja in sein normales Leben zurückgekehrt. Irgendwann kam ein Anruf von Eugenia, Isabel sei verschwunden. Er habe sie gesucht und in der Nähe ihres Hauses in der Wrangelstraße gesehen. Dann habe er sie zur Rede gestellt und dabei sei er ja auch festgenommen worden.

»Wir haben einen Hinweis bekommen«, sagt der eine Beamte plötzlich, der gerade eben noch telefoniert hatte. »Von einem Mann, der in der Nähe von Erkner ein kleines Ferienhäuschen bewohnt.«

Christoph kann nicht verhindern, dass ihm das Blut in den Kopf schießt.

»Er denkt, in seiner Nachbarschaft habe sich seit einigen Tagen jemand eingenistet, der dort nicht hingehört. Weil die Besitzer des Hauses in Urlaub sind.«

Der Vater sieht ihn unverwandt an. Selbst wenn Christophs Verhalten unauffällig geblieben wäre, sein Dad verrät ihn in derselben Sekunde.

»Du hast …«

»Haben Sie ein Häuschen dort, Herr …«

»Nein.«

Die Beamten haben schnell reagiert, aber auch die Antwort kommt prompt.

»Es ist bereits eine Streife unterwegs«, sagt der Beamte und lächelt, denn er weiß, dass er gewonnen hat.

»Möchtest du uns jetzt noch was sagen?«

Pause. Aufmunternder Blick des Vaters.

Er schweigt. Was soll er noch sagen? Sie haben Eugenia. Und Isabel ist verschwunden. Wie lange wird sie durchhalten?

19. Kapitel

Alte Autos stapeln sich, zum Teil ausgeweidet, zum Teil warten sie noch auf die Entnahme ihrer Innereien. Draußen vor dem Gelände steht auf einem Schild: »An- und Verkauf von Autos. Bargeld – sofort.« In Wirklichkeit sieht der Laden in Neukölln eher aus wie ein Schrottplatz, nicht wie ein Autohandel.

Isabel sitzt mit Adamu in einem dieser alten Autos auf den versifften Polstern, der Mann aus Uganda auf der Fahrerseite, sie als Beifahrerin. Es ist eines der besser erhaltenen Exemplare. Sie sind geschützt durch die Berge von Schrott um sie herum, keiner wird sie hier suchen. Isabel isst das Brot, das Adamu ihr reicht, sie trinkt aus seiner Wasserflasche.

»Du bist sicher, dass niemand kommt?«

Adamu schüttelt den Kopf.

»Ich wohne schon seit vier Tagen hier und es war noch niemand da.«

Isabel sieht ihn fragend an, Adamu lächelt, aber er sieht dabei traurig aus.

»Zu viel Polizei im Haus – und ich habe auch keine Papiere. Da bleibe ich doch lieber über Nacht an meinem Arbeitsplatz. Aber ab morgen kann ich bei einem Freund schlafen.«

Es wird bereits dunkel. Isabel ist müde und ihr ist kalt.

»Kann ich auch hierbleiben?«

Adamu sieht sie zweifelnd an.

»Hier leben viele Tiere, nicht alle sind niedlich.«

Isabel kann sich vorstellen, wovon er spricht. Sie sieht sich um, die kaputten Autos, der Müll einer reichen Gesellschaft.

»Den Job in der Bergmannstraße bist du wahrscheinlich meinetwegen los.«

Adamu seufzt. Isabel kann sich denken, warum. Natürlich war es besser in der Küche des Restaurants, wo sie beide gearbeitet haben. Aber vermutlich bekam Adamu Probleme, als sie von einem Tag auf den anderen nicht mehr dort erschien, weil sie nach Krögers Tod auf der Flucht war. Isabel wusste, wie das lief. Der Besitzer des Lokals fürchtete, dass bald die Polizei auftauchen würde. Er wollte sich selbst schützen, also musste Adamu verschwinden und das Restaurant eine Weile ohne Illegale auskommen. Hoffentlich hat Adamu wenigstens noch sein Geld bekommen, denkt Isabel. Oft genug werden Leute wie sie und er um ihren Lohn gebracht, weil sie sich nirgends beschweren können. Weil sie keine Rechte haben.

»Mehmet hat mir den Job hier besorgt. Er kennt den Händler.«

»Ich weiß, er hat mir ja auch gesagt, wo ich dich finde.«

»In meinem eigenen Auto«, sagt Adamu und spielt mit dem Lenkrad.

Er lacht, Isabel bemüht sich um ein Lächeln.

»Und was hast du hier zu tun?«

»Fast dasselbe wie in der Küche. Die Reste weg und dann sauber machen, was man noch braucht.«

»Ehrlich: In der Küche war es wärmer.«

»Aber doch ganz ähnlich wie hier: Es kam zurück, was die Deutschen übrig gelassen hatten.«

»Mülltrennung«, meint Isabel und Adamu schmunzelt.

»Die Deutschen trennen gerne, nicht nur den Müll.«

Isabel lacht nicht. Sie beißt in das Brot, sie sieht, wie schnell es kleiner wird, und wünscht sich, sie hätte noch eins.

Adamu errät ihre Gedanken.

»Ich gebe dir Geld mit«, sagt er.

»Aber du hast doch selbst nicht viel.«

»Und du hast gar nichts.«

Seine Fürsorge rührt sie.

»Warum findet die Polizei den Mörder von Kröger nicht?«, fragt sie.

Adamu zuckt die Schultern.

»Sie haben auch die Tatwaffe noch nicht. Das habe ich von Mehmet gehört.«

Isabel will nicht zugeben, dass sie Kröger im Keller

hat liegen sehen. In einer Lache Blut, die Augen weit aufgerissen. Selbst Adamu vertraut sie nicht, obwohl sie sich jetzt zu ihm geflüchtet hat. Sie hat Angst, er könnte auch denken, sie sei die Täterin.

Wieder das Bild vor Augen, wieder kommt die Angst zurück. Sie hat Mühe, das Zittern zu unterdrücken.

»Vielleicht ein Stück Holz, hat Mehmet gesagt.«

Isabel sieht ihn nachdenklich an.

»Ja, ich habe manchmal Holz hochgetragen für Kröger«, sagt Adamu, als könnte er ihre Gedanken erraten. »Aber ich habe nicht mit einem Stück Holz auf ihn eingeschlagen.«

Einen Moment schweigen sie beide. Unsicher sehen sie sich an.

Adamus Blick sagt: Wir misstrauen uns alle. Jeder hatte einen Grund, ihn zu töten.

»Es war sinnlos, ihn umzubringen«, sagt sie dann. »Es gibt zu viele Krögers. Und einer mehr oder weniger ändert diese Welt nicht. Ziehst du um, triffst du den nächsten, sie sind überall.«

Sie würde so gerne bleiben.

Sie sieht, dass Adamu nur einen Schlafsack hat. Trotzdem zögert sie zu gehen.

Da – das Martinshorn. In unmittelbarer Nähe.

Sie sehen sich an, jeder sieht nur die Augen des anderen blitzen, denn es ist schon viel zu dunkel. In der Ferne leuchtet ein Blaulicht.

Gleichzeitig öffnen sie die Tür. Adamu steckt ihr noch schnell Geld zu. Sie will es nicht nehmen, aber sie braucht es. Immer noch fällt es ihr schwer, auf Hilfe angewiesen zu sein.

»Danke.«

»Wo willst du hin?«, fragt Adamu.

»Ich weiß noch ein ziemlich sicheres Versteck«, sagt Isabel. »Aber ich wünschte, ich müsste da nicht hin.«

Dann verschwindet sie in der Nacht, während Adamu sich den Schlafsack vom Rücksitz holt.

20. Kapitel

Endlich dürfen sie gehen. Kein Wort sagt sein Vater. Öffnet die Beifahrertür des Autos, sieht ihn auffordernd an. Christoph zögert einen Moment, da packt ihn der Vater am Arm, zieht ihn näher. Gerade noch, dass er ihm nicht die Hand auf den Kopf legt und ihn ins Auto drückt, wie es Polizisten im Fernsehen manchmal bei einer Verhaftung machen.

»Ich muss Eugenia anrufen«, sagt Christoph.

»Es ist zu spät, das hast du doch gehört.«

»Vielleicht hat sie noch eine Chance …«

Keine Antwort.

»Sie verdächtigen nun Isabel oder Eugenia, nicht wahr?«, fragt er seinen Vater.

»Reicht es dir nicht, dass du raus bist?«

»Nein. Vor allem nicht, wenn es zulasten meiner Freundin geht.«

Der Vater schnallt sich an, startet den Wagen und fährt los. Beherrscht und konzentriert, doch Christoph sieht, dass er vor Wut kocht.

Die Umarmung seiner Mutter, die vielen Fragen. Er versucht von zu Hause Eugenia zu erreichen, aber es gelingt ihm nicht. Auch Isabel geht nicht an ihr Handy. Er duscht, zieht sich frisch an, hält sich an Alltagsdingen fest, denn seine Gedanken drehen sich im Kreis.

Was ist passiert? Was kann er für die beiden noch tun?

»Mom, könntest du nicht zum Waldhaus von Reichardts fahren …«

»Hör auf, Christoph, es ist vorbei.«

»Woher willst du das wissen?«

»Was auch immer mit Eugenia und Isabel passiert – du kannst ihnen nicht mehr helfen.«

»Aber der Mörder von Kröger …«

Da verliert sein Vater die Beherrschung.

»Hör auf!«, brüllt er. »Du sitzt tief genug in der Scheiße! Hör verdammt noch mal auf, den Helden zu spielen. Du hast alles nur noch schlimmer gemacht!«

Christoph zuckt zusammen. Nie hat er seinen Vater so laut erlebt. Mom offenbar auch nicht. Sie starrt ihren Mann fassungslos an.

»Es ist keine Schande, anderen Menschen helfen zu wollen«, sagt sie.

»Aber es ist ein Fehler, wenn man es so dilettantisch macht wie dein Sohn.«

Der Hieb ist gut platziert und er trifft. Christoph sitzt da, er fühlt sich klein, schwach und dumm. Auch Eugenia war der Meinung, er habe alles nur schlimmer gemacht.

Wo und wann hätte er anders handeln können?

Wenn er sich klüger verhalten hätte, wäre dann alles anders gekommen?

Wären Eugenia und Isabel in Sicherheit?

Christoph geht alles noch einmal durch. Diese wenigen Tage, Stunde für Stunde. Der Anruf von Isabel, die Fahrt nach Köpenick und von dort weiter Richtung Erken.

Lag hier schon der Fehler?

Sein Besuch bei Dr. Bruckner, Isabels Flucht vor dem verhassten, unbekannten Vater. War das der Knackpunkt?

Ihr Zusammentreffen auf der Wrangelstraße. Die Versöhnung, ihre Umarmung. Er hätte trotzdem die Augen offen halten sollen. Aber er hat es nicht getan. Ein Moment der Zuneigung hat ihn unvorsichtig gemacht.

Nein, den Fehler hat er viel früher begangen. Er hätte den Vater nicht nur suchen und finden sollen. Sondern recherchieren. Dann hätte er gewusst, dass Isabel legal in Deutschland bleiben könnte. Aber: Hätte sie das getan? Ja, er glaubt fest, dass sie sich hätte überzeugen lassen. Heraus aus dem Schatten, in die Legalität. Mit Bruckners Hilfe. Aber er hat nicht gründlich recherchiert. Sein Versäumnis.

Er kann es nicht mehr ändern.

Sein Vater lässt ihn nicht aus den Augen. Er ist ein Gefangener im eigenen Haus. Natürlich könnte er es auf eine Auseinandersetzung, einen Kampf ankommen lassen. Aber er weiß selbst nicht, was er jetzt noch tun kann.

Dann die Idee: Er muss Bruckner erreichen. Das ist der Einzige, der noch etwas tun könnte – wenn er denn will.

»Ich gehe ins Bett«, sagt Christoph und steht auf. Es ist noch nicht Schlafenszeit, aber natürlich leuchtet den Eltern ein, dass er hundemüde ist.

»Du haust nicht ab!« Es klingt wie ein Befehl. Auf Befehle gibt es keine Antwort, also sagt er nichts.

»Ich kann dir vertrauen?«, fragt der Vater nach.

Christoph nickt und zwingt sich, seinem Vater bei dieser Lüge in die Augen zu sehen.

Er ruft Bruckner an.

Was ist mit Isabel?

Was ist mit Eugenia?

Jeder von beiden weiß etwas von den zwei Frauen, keiner weiß genug, um viel zu unternehmen.

Bruckner wollte noch einmal zu Eugenia ins Waldhaus fahren, wie er es mit Christoph vereinbart hatte. Doch als er da ankam, da war sie bereits weg. Sein Anwalt hat sich erkundigt: Eugenia war festgenommen worden.

Christoph gesteht, er habe Isabel aus den Augen verloren.

»Die Polizei wird sie finden, wenn es nicht schon längst passiert ist«, sagt Bruckner. »Aber ich werde mich um sie kümmern, versprochen.« Er räuspert sich. »Ich werde die Anerkennung der Vaterschaft in die Wege leiten. Isabel kann dann auf alle Fälle bleiben.«

»Sie wird sich von Ihnen nicht helfen lassen.«

»Warten wir's ab.«

»Sie kennen sie nicht.«

»Aber ich möchte meine Tochter kennenlernen.«

»Und was ist mit Eugenia?«

»Das ist etwas komplizierter, aber mein Anwalt sieht auch da eine Möglichkeit.«

Erst ganz langsam realisiert Christoph, was das bedeutet.

Vielleicht haben Eugenia und Isabel die Chance auf einen Neuanfang. Ohne Geheimnisse oder Schattenleben. Hier in Deutschland.

Wenn sie nichts mit dem Mord an Kröger zu tun haben. Wenn …

Er kann es sich noch gar nicht vorstellen. Es klingt zu schön, um wahr zu sein. Und er ist zu erschöpft und zu verwirrt, um sich wirklich freuen zu können.

Aber es gibt ihm neuen Auftrieb. Er muss Isabel finden. Es ihr erzählen. Die Jahre in der Illegalität waren unnötig, sinnlos. Aber sie sind vorbei. Sie muss zu ihrem Vater, sich mit ihm versöhnen. Er ist ihre Rettung, ihre Hoffnung.

Er ruft sie an.

Sie geht nicht ran.

Wo könnte sie sein?

Sie geht sicher nicht zurück zum Waldhaus.

Wenn sie Hilfe sucht, dann vielleicht bei den Hausbewohnern.

Er muss sie dort suchen, wo sie Menschen kennt, denen sie vertraut.

Mehmet, Adamu, Tatjana.

Das ist seine einzige Chance.

Christoph hört seine Eltern streiten, die Haustür knallt, sein Vater ist gegangen. Vermutlich schläft er in der Kanzlei. Das tut er manchmal, wenn zu Hause dicke Luft ist.

Als er aus seinem Zimmer kommt, steht seine Mutter da und beobachtet ihn skeptisch.

»Ich glaube auch, es wäre besser, wenn du hi' bleibst.«

»Noch ein Versuch, bitte.«

»Ich kann dich sowieso nicht aufhalter

Sie legt ihm wieder Geld hin. Er ki' Wange.

»Das werde ich dir nie vergessen.'

Sie lächelt traurig: »Doch, das w

Wieder treibt er sich stundenlang auf der Wrangel-straße herum und starrt auf das Tor mit den Graffitis. Noch ist es dunkel, aber in zwei oder drei Stunden wird die Sonne aufgehen. Er sollte sich besser verstecken. Er geht hinein in den Hinterhof, verbirgt sich hinter den Büschen, setzt sich auf einen Stein und wartet. Sollte jemand kommen oder das Haus verlassen, er kann jederzeit hinter den Busch oder die Mülltonnen schlüpfen.

Nichts passiert. Seine Hoffnung, Isabel hier zu finden, wird von Minute zu Minute kleiner. Sie ist nicht hier und sie wird auch nicht kommen. Davon ist er auf einmal genauso überzeugt wie vorher davon, dass sie hier auftauchen wird.

Er will gerade gehen, als jemand das Haus im Schatten der Dunkelheit verlässt. Christoph huscht hinter die Mülltonnen. Eine Frau, so scheint es. Sie macht nirgends Licht, sie geht leise, sieht sich um. Offenbar will sie nicht gesehen werden.

Nein, es ist nicht Isabel. Diese Frau ist größer, breiter, ihr Gang ist nicht leicht und federnd, sondern schwer. Sie sperrt ein Rad auf.

Verdammt. Sie will wegfahren.

Wer ist sie? Und wohin will sie um diese Zeit? Das hat alles mit Isabel nichts zu tun, oder?

Rascheln. Er hat mit seinem Fuß ein paar welke

Blätter erwischt. Die Frau wendet den Kopf. Misstrauisch, forschend. Da erkennt er sie. Es ist Krögers Frau. Vielleicht fährt sie zur Arbeit, sie jobbt in einem 24-Stunden-Supermarkt, das hat Isabel ihm einmal erzählt.

Ein Bild taucht in seinen Gedanken auf. Isabel und er, als sie sich draußen auf der Straße wiedergesehen, in den Arm genommen und sich einen Neuanfang versprochen haben. Diese Frau stand auf der anderen Straßenseite. Er erinnert sich noch an ihren Blick voller Hass und Neid. Kam nicht kurz darauf die Polizei?

Die Frau hat ihn jetzt offenbar nicht entdeckt in seinem Versteck. Sie steigt aufs Rad und fährt los. Wie einen Film sieht er die Szene wieder vor sich. Wie die Polizei auf ihn und Isabel zukam, nach den Papieren fragte. Wie Isabel aufgeben wollte, wie er sie anschrie, sie solle weglaufen, wie er dem Polizisten ein Bein stellte und dann festgenommen wurde. Da stand diese Frau und sah zu. Stand sie schon länger da? Er weiß es nicht. Was hat sie gerufen? »Da läuft sie!« – und dann hatte sie mit dem Finger auf die fliehende Isabel gezeigt. Schlagartig wird ihm klar: Diese Frau hat die Polizei verständigt, sie hat Isabel verraten.

Er läuft hinaus auf die Straße und sieht sich um. Da hinten, der schwache Schein einer Radlampe auf dem

191

Bürgersteig. Sein Roller steht um die Ecke. Er hat keine Zeit, ihn zu holen, dann wäre sie längst weg.

Soll er ihr im Laufschritt folgen? Schafft er das? Ist es überhaupt sinnvoll?

Er hört auf seinen Instinkt.

Los, hinterher.

21. Kapitel

Isabel steht am Ufer und beobachtet das Hausboot, das sacht auf den Wellen schaukelt. Es ist still, alle schlafen, die Welt wirkt friedlich und ruhig. Doch das Boot in der Dunkelheit, es hat für sie etwas Bedrohliches. Aber sie hat keine Wahl. Sie braucht ein Versteck.

Niemand hat sie beachtet, als sie im Schutz der Nacht durch die Köpenicker Straße ging. Als sie in einem Haustor verschwand, den gepflegten Hinterhof durchquerte und hinunter zur Spree ging. Die letzten zwei Wochen vor Krögers Tod ist sie diesen Weg öfter gegangen, nie freiwillig.

Sie hört das Plätschern der Wellen, die gegen das Boot schlagen. Sie zieht es am Seil etwas heran, springt hinauf.

Er kommt nicht, das muss sie sich immer wieder vorsagen. Er kann nicht kommen, er kann ihr nichts mehr tun, er ist tot.

Sie scheut sich davor hineinzugehen. Sie will das alles nicht sehen. Tisch, Stuhl, Bett. Sie will sich nicht setzen an diesem Ort, der ihr so zuwider ist, mit dem sie so viele schlimme Erinnerungen verbindet.

Sie bleibt draußen, aber ihr wird kalt. Es nieselt ein bisschen, sie hat keine warmen Sachen dabei. Also öffnet sie doch die Tür zur Kajüte, geht hinein, setzt sich in der Dunkelheit auf einen Stuhl. Unbeweglich hockt sie da, starrt hinaus auf das Ufer.

Liebesnest hat er es immer genannt und gelacht.

Ein Würgen. Isabel führt die Hand vor den Mund. Sie muss sich fast übergeben. Unwillkürlich geht ihr Blick zum Bett.

Für sie war dieses Boot eine Falle, so stellt sie sich die Hölle vor.

Nun ist es ihre Rettung, ihr Versteck.

Warum fühlt sie sich nicht sicher? Weil sie hier nie sicher war? Weil sie hier die schlimmsten Stunden ihres Lebens verbracht hat mit einem Mann, der sie anekelte, den sie fürchtete, der sie benutzte?

Sie denkt an Christoph. An ihre Versöhnung mitten auf der Straße. Es war gut gewesen, seine Nähe zu spüren, dass er bei ihr war, obwohl er wusste, was passiert war. Vielleicht hätte sie ihm früher vertrauen sollen. Erzählen, wie Kröger sie unter Druck gesetzt, dann bedroht hatte, wie sie keinen Ausweg mehr wusste. Aber sie hatte kein Wort über die Lippen gebracht. Es auszusprechen war unmöglich. Sie konnte es ja nicht einmal ihrer Mutter sagen. Zwei lange Wochen verbarg sie vor ihr, dass der Kerl sie gezwungen hatte, mit ihm zu schlafen.

Sucht euch eine neue Wohnung, zieht um, ich finde euch überall. Und wenn du nicht brav bist, rufe ich die Polizei. Das waren seine Worte.

Sie hatte keinen Ausweg gewusst. Sein Tod war eine Erlösung – einerseits. Aber er war auch der Anfang dieser Flucht.

Das Schwanken des Bootes ist kaum zu spüren, aber es ist da. Kein fester Boden unter den Füßen. Keine Sicherheit. Aber ein Versteck.

Sie möchte ihre Mutter anrufen. Ihre Stimme hören, wissen, wie es ihr geht. Doch der Akku ihres Handys ist leer. Bei der Flucht hat sie natürlich nicht daran gedacht, ein Ladegerät einzustecken. Sie hat keinen Kontakt mehr, nicht zu ihrer Mutter und auch nicht zu Christoph.

Wie geht es ihm? Hält die Polizei ihn noch fest oder ist er wieder auf freiem Fuß? Was können sie ihm anhaben? Was wird er aussagen?

Sie würde gerne schlafen, aber auf dieses Bett will sie sich nicht legen. Ihr ist noch schlecht, aber vielleicht wird es besser, wenn sie etwas trinkt. Irgendwo müsste noch Mineralwasser stehen. Aber wo?

Sie kann jetzt doch Licht machen, niemand wird darauf achten, die Menschen schlafen noch.

Aber sie mag die Lampe nicht. Wenn Kröger sie anmachte, war es zwar vorbei, aber es ging ihr elend.

Sie hatte dann die Augen geschlossen, um nicht sehen zu müssen, wie sich dieser ekelhafte Kerl anzog, wie er sie zufrieden angrinste. Sie stellte sich schlafend, das Licht machte alles nur noch schlimmer.

Unter der Spüle ertastet sie statt der Wasserflaschen eine Kerze. In einer Schublade der Küchenzeile liegen Streichhölzer. Sie weiß, dass die da sind. Kröger brauchte sie für seine Zigarillos. Ein Glas Wein davor und einen Zigarillo danach ... Dann sein dreckiges Lachen. Wieder muss sie würgen.

Sie zündet die Kerze an und fühlt sich wohler. Ein warmer Schein geht von ihr aus, ein sanftes Licht, das wie ein Weichzeichner auch diesen Ort der bösen Erinnerungen leichter erträglich macht.

Das Schiff bewegt sich plötzlich heftig. Sie hört einen dumpfen Ton. Sie kennt das Geräusch. Jemand ist aufgesprungen.

Sie sieht den Schatten der Frau in der Tür. Erkennt sie an der Stimme.

»Ich hätte es mir denken können: Du bist gerne hier, du Schlampe.«

Instinktiv weicht Isabel zurück, als die Frau auf sie zukommt. Doch hinter ihr ist nur die Wand. Das Schiff ist klein – und es gibt kein Entrinnen. Das Versteck ist plötzlich wieder eine Falle.

Die Frau lacht böse: »Denkst du wirklich, du bist

die Erste, mit der er sich hier trifft? Glaubst du vielleicht, du bist was Besonderes?«

Sag nichts, ermahnt sich Isabel. Provoziere sie nicht. Sie wird sich beruhigen. Alles wird gut.

»Ich habe es schon lange gewusst«, faucht die Frau. »Aber mit keiner war es so schlimm wie mit dir. Meinst du, das habe ich nicht gemerkt? Wie er dich mit den Blicken ausgezogen hat, jedes Mal, auf dem Flur, im Hof …«

Wie soll sie darauf eine Antwort geben, es ekelt sie doch schon, wenn sie daran denkt.

»Deshalb habt ihr doch die Wohnung bekommen, weil er von Anfang an scharf auf dich war«, redet die Frau weiter und ist ihr jetzt so nah, dass Isabel nicht mehr weiß, wie sie ausweichen soll. Noch ein Schritt zurück und sie steht mit dem Rücken zur Wand.

»Ich habe das nicht gewollt.«

Die Frau lacht höhnisch auf.

»Ihr habt es alle gewollt! Ihr sucht doch alle einen deutschen Mann, damit ihr hierbleiben könnt.«

Isabel schüttelt den Kopf, doch das provoziert die Frau nur noch mehr. Sie packt Isabel an den Schultern, starrt sie hasserfüllt an. Und in diesem Moment wird Isabel klar: Vor ihr steht Krögers Mörderin.

»Sie waren es.« Sie kann nicht verhindern, dass ihr dieser Satz herausrutscht.

Die Frau nickt nur, ihr Grinsen wirkt aufgesetzt.

»Er wollte mich verlassen. Wegen dir, du Schlampe.«

Wieder schüttelt Isabel den Kopf.

»Aber …«

»Halt's Maul! Er hat's mir selbst gesagt an diesem Abend. Er hat doch sogar bei dir geklopft!«

»Aber ich habe nicht aufgemacht.«

Isabel will sich verteidigen, doch der Blick der Frau verrät ihr, dass sie keine Chance hat, sie noch mit Worten zu erreichen.

»Du hast ihn mir weggenommen. Aber ich lasse mir nicht alles gefallen.«

Isabel hat wieder die Bilder vor Augen. Der tote Hausmeister am Fuße der Treppe, das Blut, die Verletzungen. Sie sieht aber auch, dass im Kopf der Frau die Minuten vor dem Tod Krögers ablaufen, dass diese Frau ihre Geschichte jetzt zum ersten Mal erzählt, dass ausgerechnet sie, Isabel, sie anhören muss.

»Da hat er mir gesagt, dass er mich verlässt. Und sich dann im Keller ein Bier geholt. Aber ich lass mich nicht so abfertigen. Bin ihm gefolgt. Er hat mich angeschrien, dass ich ihm eklig bin …«

Ein hasserfüllter Blick.

»… dass er dich will.«

»Aber ich wollte ihn nicht.«

In diesem Moment schlägt die Frau zu. Isabel war auf den Hieb ins Gesicht nicht gefasst, sie zuckt zusammen. Es ist wie bei Kröger, schießt es ihr durch den Kopf. Sie hat bei ihm zugeschlagen – und jetzt bei mir. Instinktiv spürt sie, dass sie in Lebensgefahr ist.

Die Angst kommt, aber mit ihr auch die Wut.

Isabel greift neben sich. Eine leere Flasche. So leicht gibt sie nicht auf.

22. Kapitel

Christoph irrt die Köpenicker Straße entlang, Schwer atmend sieht er sich um. Er hat die Frau aus den Augen verloren. Er weiß nicht, wohin sie verschwunden ist. Aber er muss sie finden. Er hat ein flaues Gefühl, irgendetwas stimmt hier nicht.

Er ist ein Idiot, ein kompletter Idiot. Wie konnte er glauben, dass es ihm gelingen würde, einem Radfahrer zu Fuß zu folgen? Okay, die Frau sah nicht sehr sportlich aus und es war kein gutes Rad, aber trotzdem … jetzt hat er sie verloren. Dabei lief es zunächst so gut.

Wrangelstraße. Falckensteinstraße, Schlesisches Tor. Ein schwarzer Schatten auf zwei Rädern. Er hinterher, möglichst leise. Keine klappernden Schritte, kein lautes Atmen. Immer mal wieder ein Zwischenspurt. Immer mal wieder hinter einem Auto wegducken. Oberbaumbrücke – sie hielt an. Ihr Blick auf die Spree. Was sah sie? Keine Ahnung. Er musste versuchen, näher zu kommen.

Es war dunkel genug, er konnte es riskieren, sich zu nähern. Sie starrte immer noch auf irgendeinen Punkt, dann lachte sie böse und wendete ihr Rad. Er ahnte nur, was sie entdeckt hatte. Das Licht auf der Spree. Sonst war es dunkel ringsum.

Sie fuhr nun schneller, er konnte ihr kaum folgen. Sie bog in die Köpenicker Straße ein, doch auf einmal war sie weg, wie vom Erdboden verschluckt.

Christoph geht weiter. Wenige Menschen sind unterwegs, sie mustern ihn fragend, wie er in die Finsternis starrt, jedes Fahrrad genauer unter die Lupe nimmt, fast als wollte er es stehlen. Es muss ein einfaches Rad sein, eine Art Hollandrad.

Verdammt. Alles umsonst. Die Warterei vor dem Haus, die Rennerei durch die Nacht. Alles Schwachsinn. Hilflose Aktionen. Die Isabel nichts nützten.

Da steht es. An eine Hausmauer gelehnt. Ein altes Rad. Er geht durch das Tor, ein schön bepflanzter Hinterhof, soweit er das in der Dunkelheit erkennen kann. Der fahle Schein, der sich in der Spree spiegelt. Das Licht, das die Hausmeisterin bewogen hat, hierher zu fahren.

Er läuft zum Ufer, sieht zwei Schatten auf einem Boot, die miteinander ringen. Die laute Stimme der

Hausmeisterin. Und ein Schmerzensschrei. Das ist Isabel.

Er rennt die letzten Meter, doch er kommt zu spät. Das Boot ist nicht mehr fest vertäut, er treibt langsam weg vom Ufer, die Spree hinunter.

Er sieht den Kampf, er hört die Schreie, dumpfe Schläge, jemand fällt, eine Glasscheibe splittert. Isabel ist dieser kräftigen Frau sicher unterlegen, er hat Angst um sie, weiß aber nicht, was er tun soll. Die Polizei zu rufen, es wäre Rettung und Verrat zugleich.

Mit seinen Augen sucht er das Ufer ab. Da, ein Kanu. Er läuft hin, steigt ein, hektisch, fast kippt er. Dann fährt er los. Er muss es alleine machen. Niemand kann ihm jetzt helfen. Schon gar nicht die Bullen.

Fast hat er das Hausboot erreicht, schon sucht er nach einer Möglichkeit, aufs Boot zu steigen, da sieht er den Schein. Es brennt. Das Boot treibt spreeabwärts, mitten auf dem Wasser und an Bord ist Feuer. Er muss Isabel rausholen, er muss …

Das Kanu schlägt am Hausboot an, kommt wieder stark ins Schwanken. Er steht auf, so vorsichtig und ruhig, wie es ihm in dieser Situation möglich ist. Er kann den Rand des Hausbootes noch mit den Fingerspitzen erreichen. Isabel retten, mit ihr ins Wasser springen, ans Ufer schwimmen … Was, wenn sie verletzt ist, bewusstlos …

Er will sich hochziehen, er mobilisiert seine letzten Kräfte, doch er schafft es nicht. Die Flammen schlagen aus der Kajüte, seine Finger rutschen ab, er fällt in sein Kanu zurück, schlägt mit dem Kopf auf. Es gibt nur noch eine Möglichkeit: die Feuerwehr. Aus einer Wunde an der Stirn tropft Blut auf sein Handy, als er die 112 wählt.

23. Kapitel

»Es ist vorbei, alles ist vorbei«, flüstert Isabel, als er die Augen aufschlägt. Sie streicht ihm über die Wange, aber sie lächelt nicht.

»Ja, alles ist gut«, bestätigt ein Sanitäter. »Ihr habt alle noch mal Glück gehabt, verdammt großes Glück.«

»Glück«, wiederholt Isabel und beginnt leise zu weinen. Christoph möchte ihr die Tränen mit seiner rußgeschwärzten Hand abwischen, aber sie wendet das Gesicht ab.

»Gar nichts ist gut«, sagt sie. »Es ist nur vorbei.«

Der Kampf mit der Hausmeisterin ist vorbei.

Der Brand auf dem Hausboot ist vorbei.

Die Flucht ist vorbei.

»Dein Anruf kam in letzter Sekunde«, sagt ein Feuerwehrmann zu Christoph. Er bemerkt Isabels Blick. Sie fühlt sich verraten.

»Was hätte ich tun sollen?«, fragt er leise.

Sie zuckt nur die Schultern.

Christoph nimmt ihre Hand. Isabel lässt es geschehen, aber sie erwidert den sanften Druck nicht. Als der Sanitäter die Wunde an Christophs Kopf verarzten will, nutzt sie die Gelegenheit, macht sich los und geht ein paar Schritte weg.

Der Fall ist gelöst, der Mord am Hausverwalter geklärt.

»Sie hat ihn im Streit mit einem Holzscheit niedergeschlagen und er ist die Treppe hinuntergestürzt«, hört Christoph einen Journalisten die Informationen zusammenfassen.

»Super, wenn man noch einen Holzofen hat und die Tatwaffe gleich verbrennen kann«, sagt einer seiner Kollegen und sie lachen.

Christoph sieht sich um, sucht Isabel, aber er kann sie nicht entdecken. Nur noch mit einem Ohr hört er, was die Journalisten reden.

»Wenn sie Glück hat, geht das sogar als Notwehr durch.«

Christoph lacht bitter auf. Wäre Isabel auch so einfach aus der Sache herausgekommen, wenn sie sich gegen Kröger gewehrt hätte? Aber sie war es nicht. Schnell verdrängt er, dass er jemals auf die Idee gekommen ist, sie für die Täterin zu halten.

Das Boot liegt nun am Ufer. Der Brand ist gelöscht. Menschen stehen herum, neugierig betrachten sie das beschädigte Schiff, den abgesperrten Bereich, wo sich Feuerwehr, Sanitäter und Polizei tummeln. Blitzlichter der Fotografen.

Christoph sucht mit den Augen die Menschenmenge ab. Wo ist Isabel? Warum ist sie weggegangen? Kann sie nicht verstehen, dass er nicht anders handeln konnte? Er musste doch die Feuerwehr rufen!

»Mama!« Sein Blick folgt Isabels Schrei. Tatsächlich kommt Eugenia, neben ihr ein Polizist, aber auch seine Eltern und Bruckner sind da. Isabel und ihre Mutter liegen sich in den Armen. Christoph lässt es zu, dass seine Mom ihn an sich drückt.

Doch sein Blick wandert immer wieder zu Isabel. Er wünschte, sie würde sich in seine Arme flüchten.

Epilog

Immer wieder habe ich dieses Bild vor Augen, als ich sie zum ersten Mal sah. Vor der Klasse stehend, mit diesem Blick, der scheinbar gleichgültig über uns hinwegging. Und doch hatte ich das Gefühl, dass sie etwas vom Leben wusste, was ich nicht kannte.

Heute weiß ich, was sie vom Leben wusste. Viel mehr als ich.

Ich wollte immer ein spannendes Leben haben.

Sie hatte es – und wollte es gerne anders.

Dabei hätte alles tatsächlich ganz anders laufen können. Eugenia und Isabel hätten sich das Leben in der Illegalität ersparen können, wenn sie die deutschen Behörden um Hilfe bei der Suche nach Bruckner gebeten hätten. Was für eine bittere Erkenntnis. Eugenia kann nicht verwinden, dass sie ihrer Tochter dieses Leben im Versteck zugemutet hat – und es war völlig sinnlos.

Isabel nimmt die Sache mit mehr Gleichmut. Sie wollte ja gar nicht die Anerkennung dieses Vaters, sagt sie. Selbst jetzt möchte sie in keiner Weise von ihm abhängig sein. Doch wenn er die Vaterschaft anerkennt, dann ist Deutschland ganz legal ihre Heimat. Auch Eugenia kann bleiben, bis ihre Tochter 18 Jahre alt ist.

Und dann?

»Das ist unklar«, erklärt mir Dad. »Da gibt es eine gewisse Rechtsunsicherheit.«

Dad, der bisher viel Geld mit den Scheidungen anderer Paare verdient hat, will ihr helfen. Auf einmal entdeckt er seinen Glauben an Recht und Gerechtigkeit wieder.

Er knüpft Kontakte zu einem alten Studienfreund. Der berät als Anwalt einen Verein, der Schulen in Kolumbien gründet und finanziell unterstützt. Eugenia war doch Lehrerin, nicht wahr? Vielleicht ist das ihre Zukunft. Vielleicht kann sie für den Verein arbeiten.

Auch Mom schaltet sich ein. Gutes tun von Deutschland aus. Für Eugenia, für Schulkinder in Südamerika. Abends diskutiert sie mit Dad, wie man Menschen ohne Papieren in Deutschland helfen, wie man Menschen in Kolumbien unterstützen kann.

Es ist ihr erstes gemeinsames Hobby, seit ich denken kann.

Auf einmal redet Dad nicht mehr von einem Staat, der sich schützen muss. Sondern von Menschen, die es zu schützen gilt. Fast erscheint es mir sinnvoll, Jura zu studieren.

Auch Lehnert alias Bruckner legt sich mehr ins Zeug, als ich erwartet hätte. Nachdem die Geschichte vom Mediziner und der Illegalen durch alle Boulevardblätter gegangen ist – in jeder Zeitung stand übrigens eine andere Version zu lesen –, haben sich die Wogen wieder geglättet. Wie es bei ihm privat aussieht, wie seine Frau die Sache hinnimmt, das weiß ich nicht. Aber er kämpft darum, seine Tochter kennenzulernen. Ich weiß, dass Isabel es ihm nicht leicht machen wird.

Klar kommt auf mich auch einiges zu. Habe mich ja nicht so ganz im Rahmen des Gesetzes bewegt in diesen Tagen. Aber ich vertraue auf Dad. Wird er schon hinkriegen.

Klingt optimistisch. Warum aber sind wir alle so gedämpft?

Warum sind Isabel und ich nicht ausgelassen, fröhlich, erleichtert?

Irgendetwas ist anders zwischen uns.

Aber was?

Hallo! Isabel kann bleiben! Ihr Abitur machen! Hier studieren!

Deutsche Staatsbürgerschaft!

Warum führen wir keine Freudentänze auf?

Warum liegen wir uns nicht glücklich in den Armen?

Das haben wir uns doch immer gewünscht!

Dass sie sich frei und ungehindert in diesem Land bewegen kann.

Keine Schattenexistenz, kein Versteckspiel, keine Angst mehr.

Eine normale Gegenwart.

Eine echte Zukunft.

Wir sollten feiern, jubeln, vor Glück schreien.

Aber wir können uns kaum in die Augen sehen.

Wir fassen uns nicht an.

Wir haben die schlimmsten Tage unseres Lebens durchgemacht.

Zum Teil gemeinsam, zum Teil getrennt.

Aber sie hat immer gewusst, dass ich für sie da bin, dass ich für sie kämpfe, dass ich sie in ihrer Not nicht alleinlasse.

Warum aber tun wir uns so schwer, jetzt noch ein Paar zu sein?

Warum geht sie auf Distanz, scheut meine Nähe?

Okay, ich habe bestimmt eine Menge Fehler gemacht. Aber ich war auf ihrer Seite. Zählt das denn gar nicht?

»Lass ihr Zeit«, rät mir Eugenia. »Es ist alles wie ein Albtraum für sie, und sie muss erst daraus erwachen.«

»Erst klären wir das Juristische und dann kommt das Persönliche.« Das ist Dad, der Jurist.

»Wunden müssen heilen.« Das ist Mom, die Heilpraktikerin.

Das Sprichwort sagt: Geteiltes Leid ist halbes Leid. Schwachsinn.

Gemeinsam erlebtes Unglück kann Menschen auseinandertreiben. So wie Isabel und mich.

Manchmal kann man nicht mal froh sein, wenn es einem endlich gut geht, wenn es eine Lösung gibt.

Manchmal drückt die Vergangenheit so sehr, dass man die Zukunft noch nicht sehen kann.

Ich weiß nun auch etwas vom Leben, wovon ich vor ein paar Monaten noch keine Ahnung hatte. Das macht mich nicht zu einem besseren Menschen. Aber zu einem anderen.

Eine Woche ist seit der Nacht auf dem Hausboot vergangen.

Isabel liegt noch im Krankenhaus. Die Brandwunden, die sie sich auf dem Schiff zugezogen hat, heilen schlecht.

Täglich komme ich vorbei. Ich kann nicht sehen, ob sie sich freut. Wenn ich sie küssen möchte, dann erwische ich bestenfalls ihre Wange. Wenn ich ihre Hand nehme, dann hat sie etwas zu tun und zieht sie zurück, um in ihrer Teetasse zu rühren oder die Bettdecke glatt zu streichen.

»Nächstes Jahr machen wir Abitur«, sage ich.

Sie antwortet nicht. Noch ist nicht alles geklärt.

»Du musst mit deinem Vater reden«, rate ich ihr eindringlich.

Sie verschließt sich. Wie sie es immer gemacht hat bei schwierigen Themen.

»Du hast mir mal erzählt, wie sehr du dir als Kind einen Vater gewünscht hast.«

»Er war aber nicht da.«

»Jetzt ist er da.«

»Zu spät«, sagt sie, und ich weiß, sie denkt an ihre Mutter.

Wir schweigen einen Moment.

Dann nehme ich meinen ganzen Mut zusammen.

»Wenn du die deutsche Staatsbürgerschaft hast, dann könnten wir nach dem Abitur endlich Urlaub machen.«

Stille.

»Wo willst du hin? Sag's mir.«

Ich rede Blödsinn, das ist nun wirklich nicht ihr Thema im Moment. Aber ich möchte über diese schwierigen Tage hinausdenken in eine schönere Zukunft.

»Wir haben doch davon geträumt, miteinander zu verreisen. Bevor das alles passiert ist, damals …«

»Das war wirklich in einem anderen Leben«, sagt sie.

»Es kann wieder so werden.«

Sie sieht mich an, dann schüttelt sie den Kopf.

Ich bekomme Angst. Sieht sie denn keine Hoffnung für uns?

»Es wird nie wieder so, wie es war, Christoph«, sagt sie. »Sondern anders.«

Sie nimmt meine Hand.

»Vielleicht sogar gut?« Meine Stimme klingt belegt.

»Wir können es zumindest versuchen.«

Zum ersten Mal seit vielen Tagen lächelt sie mich an.

Danksagung

»Der Paß ist der edelste Teil von einem Menschen. Er kommt auch nicht auf so einfache Weise zustand wie ein Mensch.« Das Zitat stammt aus Bertolt Brechts Flüchtlingsgesprächen, geschrieben in einer Zeit, als zahllose Deutsche ihr Land verlassen mussten, um ihr Leben zu retten. Und ohne einen Pass war das Überleben fast unmöglich.

Als ich den ersten Artikel über Menschen ohne Papiere in Deutschland gelesen hatte, musste ich an dieses Zitat denken. Und ab diesem Zeitpunkt hat mich das Thema nicht mehr losgelassen. In einem weiteren Bericht der ›Süddeutschen Zeitung‹ las ich über das Café 104 in München, in dem Menschen ohne Papiere Rat und Hilfe finden.

Birgit Poppert vom Café 104 beantwortete geduldig meine Fragen zum Thema, sie war auch so freundlich, das Manuskript auf sachliche Fehler hin zu lesen. Ihr und der Rechtsanwältin Juliane Scheer, die sich mit meinen juristischen Fragen auseinandersetzte, gilt mein besonderer Dank. Bei allem Engagement für illegalisierte Menschen haben sie sich die Zeit genommen, meine Geschichte auf ihre Glaubwürdigkeit hin zu überprüfen. Sollten mir dennoch Fehler unterlaufen sein, so habe ich diese natürlich selbst zu verantworten.

Ein Thema aber ist noch keine Geschichte. Und deshalb danke ich vor allem Marion Schlereth, die mich dramaturgisch beraten hat, die mir geholfen hat, meine Geschichte zuzuspitzen, die Konflikte zu verdichten, die Spannung zu halten und meinen Figuren bei all ihren Problemen auch Momente der Leichtigkeit und der Lebendigkeit zu geben.

Eine Geschichte braucht Leserinnen und Leser. Deshalb auch vielen Dank an meine Erstleser für ihre kritischen Anmerkungen: Rosemarie und Fanny Jell sowie Willi Jörger und Christiane Jörger-Stark, die auch so freundlich war, mit mir durch Berlin im Allgemeinen und Kreuzberg im Besonderen zu ziehen auf der Suche nach den Orten, wo meine Hauptfiguren leben, lieben und leiden können.

Edith Vetter danke ich dafür, dass sie mir von Kolumbien erzählt hat, vom Land, den Problemen, aber auch der Warmherzigkeit und Offenheit der Menschen.

Eine Geschichte braucht auch noch einen Verlag. Deshalb danke ich auch meiner Agentin Alexandra Legath und meiner Lektorin Anke Thiemann für ihre Hilfe und Unterstützung sowie ihren Rat, was Aufbau und Erzählhaltung angeht.

Wer sich für das Thema interessiert, dem kann ich die Bücher empfehlen, denen ich selbst sehr viele Informationen entnommen habe: Steffen Bayer/Maria Moreno, ›Illegal. Die Geschichte einer Frau, die es offiziell nicht geben darf‹; Siegfried Pater, ›Menschen ohne Papiere‹ sowie Jörg Alt, ›Globalisierung, Illegale Migration und Armutsbekämpfung‹.

Im Internet bin ich auf einen sehr anrührenden Artikel aus der ›Zeit‹ gestoßen, der mich mehr in die Welt der Illegalisierten eintauchen ließ: Sklaven in Altona (www.zeit.de/2007/11/Illegale). Und auch wenn der Bericht bereits etwas älter ist, so hat mir doch auch das Papier ›Illegal in Berlin – Momentaufnahmen aus der Bundeshauptstadt‹ (hrsg. vom Erzbischöflichen Ordinariat Berlin) sehr weitergeholfen.

»Man kann sagen, der Mensch ist nur der mechanische Halter eines Passes. Der Paß wird ihm in die Brusttasche gesteckt wie die Aktienpakete in das Safe gesteckt werden, das an und für sich keinen Wert hat, aber Wertgegenstände enthält.«

Das ist wieder von Bertolt Brecht. Aber aus einer Zeit, als ein Menschenleben in Deutschland tatsächlich wenig wert war. Das kann und darf heute nicht mehr so sein.

Lotte Kinskofer, Februar 2011

Nachwort

Von Birgit Poppert

»Öffentliche Stellen haben unverzüglich die zuständige Ausländerbehörde zu unterrichten, wenn sie im Zusammenhang mit der Erfüllung ihrer Aufgaben Kenntnis erlangen von dem Aufenthalt eines Ausländers, der keinen erforderlichen Aufenthaltstitel besitzt und dessen Abschiebung nicht ausgesetzt ist [...]«

§ 87 Abs. 2 AufenthaltsG

In diesem Gesetzestext steckt bereits die Definition von Illegalen oder Illegalisierten: Es sind Ausländer, die sich ohne Genehmigung in Deutschland aufhalten. Aber warum kommen diese Menschen hierher?

Es gibt viele Ursachen wie Krieg, Hunger, Mangel an Lebensperspektiven in den Herkunftsländern, landwirtschaftliche Probleme durch die Erderwärmung, Umweltkatastrophen, soziale Verelendung, Menschenrechtsverletzungen und Gewaltkonflikte. Aber auch die Nachfrage nach billigen Arbeitskräften in den Zielländern gehört dazu.

Wegen der fehlenden Möglichkeiten der legalen Einwanderung nutzen viele die Hilfe von Schleusern. Schätzungen gehen davon aus, dass derzeit in Europa durch Menschenschmuggel ein höherer Jahresumsatz als im internationalen Drogenhandel erzielt wird.

Für Europa hat das Hamburger Weltwirtschaftsinstitut im Jahr 2009 zwischen 2,8 und sechs Millionen Menschen ohne regulären Aufenthalt geschätzt.

Für Deutschland liegen die Angaben zwischen 500 000 und einer Million, allein für Berlin bei etwa 100 000.

Und wie wird man illegal?

Die meisten Migrant/innen haben ihren rechtlichen Status der Illegalität in der Regel weder angestrebt noch selbst gewählt, nur etwa 15 bis maximal 30 Prozent kommen illegal über die Grenze. Sie kommen mit den verschiedensten Visa und werden bewusst oder häufig durch unsere teils recht rigide Gesetzgebung illegal. Diejenigen, die ihr Touristenvisum bewusst auslaufen lassen, um hier zu arbeiten, sind in der Regel keine Kriminellen, sondern tun dies oft, weil sie keinen anderen Ausweg sehen. Wie Isabel und ihre Mutter oder wie z. B. Frau S. aus der Ukraine, Literaturwissenschaftlerin, 55 Jahre alt, die versuchte, das nötige Geld für eine Operation ihres Enkelsohns zu erarbeiten, damit dieser laufen kann. Sie brauchte fünf Jahre, weil sie immer und immer wieder nicht für ihre oft aufopferungsvolle Arbeit bezahlt wurde.

Auch die unbeabsichtigte Illegalität ist möglich:

Z. kommt aus Lateinamerika, hat dort ein Studium absolviert, macht in Deutschland das Studienkolleg, schließt hier das Studium ab, bekommt eine Promotionsstelle samt Visum. Drei Jahre lebt sie mit ihrem Freund zusammen, dann wird sie schwanger. Der Freund verzieht sofort mit unbekannter Adresse, die Promotionsstelle wird ihr gekündigt, sie kann die Wohnung nicht halten, das Studentenvisum gilt nicht mehr, da der Aufenthaltsgrund (Promotion) entfallen ist, und nun steht sie verzweifelt bei uns vor der Tür, ohne Geld, ohne Wohnung, illegal und schwanger.

Auch Kinder trifft es:

I. aus Ex-Jugoslawien ist neun Jahre alt, ihre Mutter lebt in einer Nervenheilanstalt, ihr Vater zieht mit seiner Freundin zusammen und schickt I. zu Verwandten, um die neue Beziehung nicht zu belasten. Die Verwandten schicken das Mädchen weiter. Sie findet keinen Platz für sich und flieht schließlich zu einer Tante in Deutschland, die sich sehr lieb um sie kümmert. Doch dann wird sie wegen illegalen Aufenthaltes von einem Hausbewohner der Polizei gemeldet, kann aber entkommen. Wir erfahren von ihrem Schicksal und können dafür sorgen, dass sie von einer Jugendeinrichtung in München übernommen wird. Voraussichtlich muss sie mit 18 wieder in ihre Heimat zurückkehren.

Sehr häufig werden junge Mädchen nach einem Au-pair-Aufenthalt illegal, denn ein Au-pair-Visum läuft nach einem Jahr aus, wie das von Tatjana im vorliegenden Roman. Bleibt man, wird man illegal. Will man z. B. heiraten, geht das nur im Heimatland, und von dort muss ein Visumsantrag auf Familienzusammenführung gestellt werden.

Die meisten Visa gelten nur für *einen* Aufenthaltszweck, für jeden weiteren muss man einen neuen Antrag, meist in der Heimat, stellen, was für viele wegen des teuren Flugs unmöglich ist.

Dennoch kommt es selten zur Anzeige öffentlicher Stellen an die Ausländerbehörde, da Menschen in der Illegalität vor der Inanspruchnahme ihrer sozialen Grundrechte (wie gesundheitliche Grundversorgung, Klagen gegen soziale Ungerechtigkeiten vor Gericht) zurückschrecken und den

Kontakt zu diesen Stellen meiden, um nicht zu riskieren, abgeschoben zu werden.

Das führt dazu, dass das Leben als Illegaler in Deutschland mit dem hohen Risiko verbunden ist, dass Erkrankungen oder Verletzungen nicht oder nicht rechtzeitig behandelt werden. Dass Impfungen bei Kindern unterbleiben, dass Frauen auf medizinische Hilfe bei Schwangerschaften und Entbindungen verzichten, dass Neugeborene keine Geburtsurkunde erhalten, dass Kinder statusloser Eltern weder einen Kindergarten noch eine Schule besuchen können, dass illegal beschäftigten Ausländern der vereinbarte Lohn von betrügerischen Arbeitgebern vorenthalten werden kann.

Wir sehen diese Menschen im Schatten nicht, denn sie halten sich an die ungeschriebenen 10 Gebote der Illegalen:

1. Steige niemals ohne ein Ticket in ein öffentliches Verkehrsmittel ein.
2. Gehe niemals bei Rot über die Verkehrsampel.
3. Melde dich nie mit Namen am Handy.
4. Greift dich jemand körperlich an, weiche aus und fliehe, rufe nicht die Polizei.
5. Halte dich weit entfernt von öffentlichen Plätzen, wie z. B. dem Bahnhof oder Volksfesten.
6. Wird deine Arbeit schlecht oder gar nicht entlohnt, schalte kein Gericht ein.
7. Gehe Streitigkeiten am Arbeitsplatz oder wo auch immer aus dem Weg.
8. Vermeide auffälliges Verhalten.
9. Vermeide, wenn möglich, in ein Krankenhaus eingeliefert zu werden.
10. Öffne nie deine Wohnungstür, ohne zu wissen, wer davorsteht.

Zusammenfassend lässt sich sagen: Das Leben von Menschen in der Illegalität ist ungeheuer anstrengend, hart, unvorstellbar zermürbend, entwürdigend und oft sehr grausam. So ein Leben nimmt man nicht aus Abenteuerlust auf sich, sondern in sehr vielen Fällen steckt nackte Not dahinter.

So ist es höchst dankenswert und wichtig, dass sich die Autorin Lotte Kinskofer dieser Problematik angenommen hat und sehr anschaulich und ungeheuer spannend schildert, wie unglaublich schwierig es ist, sich als illegalisierte Person in Deutschland aufzuhalten, und wie schwer es ist, mit diesen Unsichtbaren ins Gespräch zu kommen oder gar eine Beziehung aufzubauen, wie es Christoph versucht.

Aber es wird nicht nur das Schicksal einer Illegalisierten erzählt, sondern fast nebenbei erfährt man auch noch etwas über abgelehnte Asylbewerber und ihr oft hartes Leben bei uns in Deutschland. Auch zu uns kam ein ehemaliger Kindersoldat, der sich nicht traute, seine Geschichte zu erzählen, weil der Übersetzer seinem Stamm angehörte, und er befürchtete, dass dieser und alle anderen Stammesangehörigen ihn in Deutschland verfolgen könnten, so wie es ihm in seiner Heimat widerfahren war. Sein Asyl wurde abgelehnt, er erhielt eine Duldung, da man ihn ohne Pass nicht abschieben kann, so wie offenbar auch Adamu.

Wir können nicht alle Menschen in Not bei uns aufnehmen, aber wir können uns dafür einsetzen, dass bei Entscheidungen, wer hierbleiben darf und wer gehen muss, die von Deutschland anerkannte ›Allgemeine Erklärung der Menschrechte‹ der UNO von 1948 zugrunde gelegt wird.

Demnach müsste die Übermittlungspflicht (siehe Gesetzes-text oben), die es so nur in Deutschland gibt, auf sicher-heitsrelevante Kriterien reduziert werden.

Birgit Poppert wurde bei ihrer nebenberuflichen Tätigkeit als Deutschlehrerin für Asylbewerber darauf aufmerksam, dass es für illegal in Deutschland lebende Ausländer prak-tisch keine Krankenversorgung gab. Diese Erkenntnis führ-te zur Gründung des Café 104 in München, das mittlerweile ein richtiges kleines Zentrum für Menschen mit ungesi-chertem Status geworden ist. Für ihr Engagement wurde Birgit Poppert 2009 mit dem Preis der Stadt München, ›München leuchtet‹, ausgezeichnet.